KB048826

아침고요 정원일기

아침고요 정원일기

아침고요수목원장 이영자 지음

샘터

prologue

선물로 받은 정원

창밖을 보니 우윳빛 안개가 온 숲을 감싸고 있어 앞산의 능선이 겨우 보일 듯 말 듯하다. 낮은 담장 위로 올라온 홍자두나무가 연분홍 꽃을 피우고, 자작나무는 연둣빛 새순과 함께 굵은 실 같은 꽃을 사슬처럼 내려뜨린다. 덩치가 큰 잣나무들 사이에서 용케도 하늘을 차지한 쪽동백이 검은 나뭇가지마다 연둣빛 여린 잎을 달고 있는 모습에 가슴이 뭉클해진다.

유난히 늦게 온 봄이라 죽은 것만 같았던 나무들에 생명의 기운이 피어나는 모습을 보니 위대한 생명의 섭리에 눈물이 나도록 감격스럽다. 어젯밤엔 올봄 들어 처음으로 소쩍새도 울었다.

남편과 함께 아침고요를 만들고 꾸려온 지 십수 년의 세월이 훌쩍 지나갔다. 숲과 정원에서 매일 다른 모습으로 마주하는 풍경과 소리는 오감을 통해 내 가슴으로 들어온다. 그것들은 낮은 울림이 되어 가슴속을 자꾸 맴돌다 위로 솟구치려는 충동을 일으킨다.

어린 시절, 방학숙제 외에 일기라고는 써본 적이 없던 내가 종이 위에 그 울림을 적지 않고는 배길 수가 없어 몇 년 전부터 정원일기를 간간이 적어왔다. 그 일기들이 모여 책이 되기까지는 전적으로 아침고요에 사는 나무들과 풀꽃, 곤충과 새들 그리고 이것들을 품어 안은 정원이 있었기에 가능했다.

정원은 본래 동서양을 막론하고 권세와 부를 소유한 제후나 귀족들의 전유물이었다. 황제나 영주들이 힘과 부를 과시하기 위해, 사랑하는 왕비나 공주에게 선물하기 위해 만든 것이다. 근세에 들어와서도 대단한 재력을 가진 사람이라야 정원을 만들고 소유할 수 있었다.

그런데 이런 정원을 자신이 만들어서 아내에게 선물하겠다는 남편의 매우 낭만적이면서도 농담 같은 감언이설에 세상 물정 모르는 철부지였던 나는 한번 말려보지도 못하고 그 험난한 고생길에 동반자가 되고 말았다.

가진 것이라고는 근근이 마련한 집 한 채와 작은 과수원이 전부였던 우리에게 정원을 만드는 것은 정말 힘겹고 무모한 도전이었다. 아무리 쏟아부어도 턱없이 모자라는 자금도 문제였지만 예상치 못한 수많은 장벽이 앞길을 막았다.

힘에 겨운 남편은 자신의 성경책에 "하나님! 이 홍해를 건너게 해주십시오"라는 간절한 기도문을 적어놓고 신에게 매달렸다. 그리고 밤낮을 가리지 않고 허리가 부러지도록 삽질을 하며 나무를 심고 또 심었다.

미완성인 채로 아침고요를 개원하고 난 후 나는 정원에서 김을 매다가 손님이 오면 매표도 하고, 화장실 청소도 하면서 식당에서 밥도 만들어 팔기까지, 일인다역의 전천후 원장을 맡았다. 앞이 보이지 않는 길은 두렵지만 가난한 심정을 안고, 한 발짝 한 발짝 내디딜 때마다 길이 끝난 것 같은 지점에서도 길은 또 희미하게 보이기 시작했다. 그렇게 수년간 힘겨운 삶을 부둥켜안고 견디는 동안 정원과 자연은 내게 말할 수 없는 위로와 희망 그리고 행복을 선물했다.

남편은 나에게 종종 "나는 사랑하는 아내에게 정원을 만들어 선물한 남자"라고 씨알도 먹히지 않는 공치사를 웃으며 늘어놓았다. 나는 그럴 때마다 "주제 파악도 못한 채 정원을 만들겠다고 해서 마음고생, 몸 고생을 실컷 시켜놓고, 선물은 그게 무슨 선물이냐"라고 남편에게 면박을 주기 일쑤였다. 하지만 이 정원일기를 쓰는 동안 나는 남편이 내게 말한, 미안함을 감추기 위해 던졌던 겸연쩍은 그 공치사가 진실이었음을 깨달았다.

정원에 피고 지는 무수한 나무와 풀꽃들, 조화롭게 어우러진 풍경들과 나누었던 교감과 대화 그리고 그것들을 통해 얻은 안식과 평화는 내게 그 어떤 값비싼 보석보다도 고귀한 선물이 되었다. 이제는 험한 길을 돌아서 결국 내 손에 분수에 넘치는 선물을 안겨준 그리고 힘겨운 길에서 넘어져 심하게 다친 남편에게 진심으로 "고맙고 감사합니다"라고 말하고 싶다.

이 글은 꽃과 나무 그리고 나비와 새들이 가득한 정원에서 그 아름다움에 취하여 마냥 어린애처럼 들뜨고 행복했던 경험을 수채화처럼 그려 적고, 때로 힘들고 낙담이 되었을 때 정원이 내게 일깨워준 깨달음을 통해 얼마나 큰 위로와 희망을 얻었는지를 기록한 일기다. 이 책을 손에 쥔 독자들도 내가 경험했던 바대로 글로 적은 정원에서 행복을 느끼고, 꽃과 나무가 전하는 위로와 희망의 말을 함께 들으면 좋겠다. 그래서 독자들의 가슴에도 정원이 안겨주는 선물인, 사랑과 안식 그리고 평화가 가득하기를 소망한다.

2013년 5월

신록이 가득한 아침고요에서 이영자

CONTENTS

2부 위로를 전하는 정원

3부 희망을 건네는 정원

4부 추억을 심는 정원

1부

행복한 아침의 정원

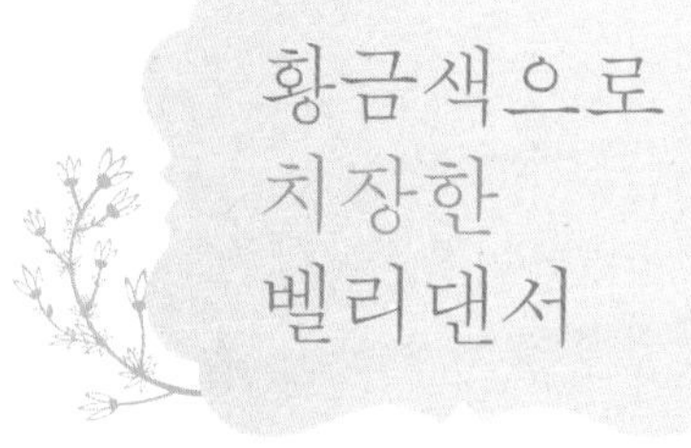

황금색으로 치장한 벨리댄서

빗소리에 잠이 깨어 창밖을 보니 새벽이었다. 창문을 여니 단비가 주룩수룩 내린다. 어스름한 새벽 미명인데도 땅에 떨어지는 굵은 빗줄기가 선명하게 보인다.

얼마 만인가? 겨우내 눈도 조금밖에 내리지 않아서 식물들이 건조 피해를 입을까 봐 노심초사하던 터였다. 문을 연 채 한참 동안 내리는 비를 바라보며 그렇게 낙수소리를 듣자니 정말 기쁘고 행복하다. 감사하고 기쁜 마음이 가슴 가득히 밀려온다. 나무들이, 특히 여러해살이풀들이 아주 좋아할 것 같다.

겨우내 추위에 얼고, 건조한 바람에 메말라가던 뿌리들이 이 비에 생기를 되찾으리라. 살얼음으로 덮여 있던 계곡 두 군데에도 이제 비에 얼음이 녹고 시원한 물이 흐르리라.

서둘러 아침을 먹고, 정원을 둘러보기 위해 우산을 쓰고 문을 나서니 바람이 세차게 불었다. 매서운 겨울바람만 불던 겨울정원에 훈훈한 봄바람이 불어온다. 우산이 뒤집어질 만큼 강한 바람이었지만 오히려 춥지 않고 따뜻하게 느껴졌다.

그동안 눈이 얼어 미끄러울까 봐 관람로에 뿌려놓은 모래가 지저분했는데 말끔히 씻겨 내려가 길이 깨끗해졌다. 겨우내 묵은 먼지에 쌓인 나무들도 목욕을 하고 나온 듯 가지들이 푸푸하고 정갈하다. 계곡에는 아직 얼음이 녹지 않았지만 얼음 위로 빗물이 철철 흐른다. 곧 얼음이 녹아내리고 계곡 바위 바닥 위로 흐르는 물소리를 들을 수 있으리라.

정원의 겨울은 언제나 힘겹고 지루하다. 혹독하게 차가운 얼음과 매서운 바람이 그러하다. 그러나 그 강한 얼음과 칼바람도 비를 몰고 오는 훈풍 앞에서는 언제나 여지없이 무릎을 꿇는다. 계절의 순환으로 경험하는 당연한 자연의 이치이건만 오늘 이 시원한 비가 그 섭리를 새삼 깨닫게 한다.

그래! 나는 이 당연한 자연의 섭리를 자주 잊어버리고 겨울마다 얼마나 지루해했는지 모른다. 봄이 마냥 오지 않을 것처럼, 차갑고 칙칙한 색조가 언제나 지속될 것처럼 정원을 거닐며 암울한 심정을 자주 느끼곤 했다. 그래 마지막에는 녹아 없어지는 얼음인 것을…….

인생의 정원에도 얼음과 칼바람이 있지만 결국은 녹아 없어지고, 훈풍에 사라져버리지 않는가?

"그래, 지루해하지 말자. 연연해하지 말자. 속상해하지 말자."

혼잣말을 되뇌며 에덴정원 언덕을 올려다보니 중간중간에 심은 황금실화백이 바람에 흔들려 마치 춤을 추는 듯하다. 겨울에도 상록인 황금실화백은 아래로 늘어진 가지와 잎이 황금색의 실 같아 붙여진 이름이다.

그런 나무가 겨울이 되면 잎이 출렁이며 늘어져 쓸쓸한 정원에서 밝은 색조가 더욱 돋보이고 아름답다. 나무는 그리던 단비를 만나 한층 더 노란빛으로 변했다. 그리고 강한 바람에 흔들렸지만 단비를 몰고 온 바람이라 그런지 즐거운 듯 몸을 흔들었다. 황금실을 출렁거리며 흔들리는 모습은 마치 황금색으로 치장한 벨리댄서가 춤을 추는 듯 느껴진다. 정말 행복한 아침이다.

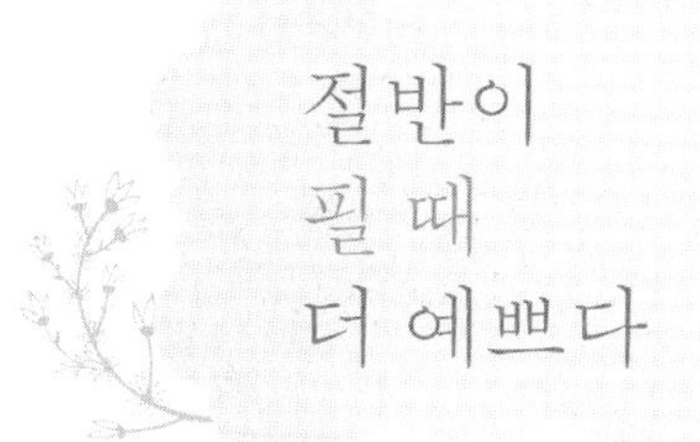

절반이 필 때 더 예쁘다

며칠간 이상기온으로 날씨가 덥더니 목련과 벚꽃이 확 피어버렸다. 4월 초에는 날씨가 추워 벚꽃이 언제 피려나 조바심을 내며 기다렸는데 지난주부터 갑자기 기온이 오르더니 초여름 날씨가 되어 꽃망울이 이틀 만에 다 터져버렸다. 나무에 하얀 눈이 덮인 듯 일제히 꽃망울이 터지니 화려하기가 그지없다.

고향집정원에서 전경을 둘러보니 백목련·자목련·벚꽃과 매화·자두나무가 일제히 꽃을 피워 말 그대로 꽃 대궐을 이룬다. 같은 목련이라도 수목원 안에 심긴 목련은 아파트 앞에 심은 목련과는 사뭇 느낌과 자태가 다르다. 자연 속에서 피어난 목련은 더 깨끗하고 우아하다. 마치 흰 새들이 날아와 앉아 있는 듯 어찌

저리도 우아할 수 있는지…….

만개한 꽃송이보다는 절반 정도 벌어진 꽃송이가 더 예쁘다. 이대로 오래 머물러 그 아름다움이 지속되면 좋으련만 야속하게도 날씨는 왜 이리 더운지 모르겠다. 아침에 다소곳하게 피었던 꽃송이가 오후에 나가 보니 꽃잎을 다 벌리고 있지 않은가? 너무나 아쉽고 속상하다.

아침광장 가장자리에 있는 키 큰 매화들 속에서 해마다 해맑게 피는 별목련을 보는 것은 큰 즐거움이다. 올해도 설렘으로 꽃이 피기를 기다렸다. 별목련은 우리가 흔히 보는 중국목련과 달리 키가 좀 작고 꽃 색도 밝은 핑크가 감도는 흰색이다.

꽃 모양은 별처럼 펼쳐져 있어 별목련이라 불리고, 향이 있어 저만치에 있어도 나무 주변에 향기가 감돈다. 올해는 이른 더위 탓에 벌써 꽃을 피웠지만 꽃봉오리가 차례로 벌어지는 별목련을 며칠이고 바라다보며 향기를 음미하는 것은 내게 너무나 큰 즐거움이다.

금세 교목이 되어버리는 중국목련과 달리 아담한 키에 별과 같이 하얀 꽃을 가지 끝에 피우는 이 꽃을 어찌 좋아하지 않을 수 있을까?

오늘도 나무 밑으로 다가가 조심스레 가지를 잡고 별목련 꽃잎에 얼굴을 대고 향을 음미해본다. 아마 별나라에서는 이런 청순한 향이 늘 감도는지도 모르겠다.

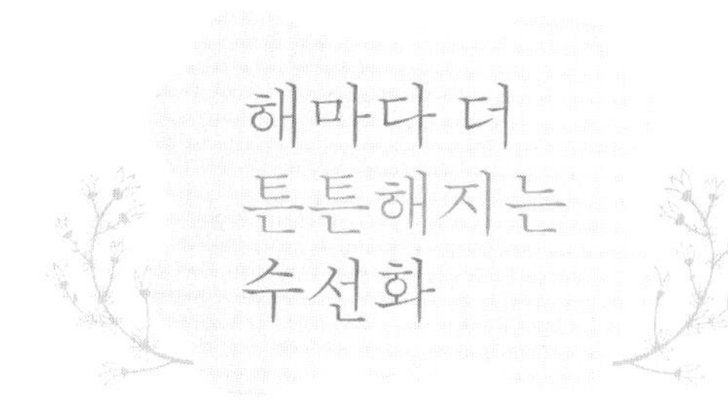

해마다 더 튼튼해지는 수선화

어제부터 때아닌 황사가 전국을 뒤덮어 가장 화려해야 할 5월의 봄날을 찌푸리게 했다. 아침까지도 시야가 뿌옇더니 오후가 되면서 차츰 나아져 겨우 안도의 숨을 내쉰다. 올봄 내내 날씨가 추워 예년 같으면 벌써 져버렸을 벚꽃이 서화연 연못정원에 한창이다. 바람이 불 때마다 흰 꽃잎이 연못으로 낙화하는 모습이 처연하다.

정원을 돌다 매화정원에 가득한 수선화 앞에서 멈춰 섰다. 올해도 어김없이 해맑은 얼굴을 힘차게 내밀고 환하게 웃고 있는 수선화들이 참 기특하다.

수선화는 꽃도 예쁘지만 하는 짓도 참 착하다. 벌써 수년 전에

+ 아이스폴리스수선화
+ 타히티수선화

심은 것들이지만 해가 묵을수록 튼실하게 올라와 꽃을 피우는 것을 보면 튤립하고는 하는 짓이 다르다. 튤립은 믿음을 주지 않는 놈이라 해마다 새로 심어야 꽃을 볼 수 있기 때문이다. 튤립은 제 예쁜 얼굴값을 하는가 보다.

매화나무들 밑에 여러 품종의 수선화들이 심겨 있지만 그래도 아이스폴리스Ice Follies수선화가 제일 맘에 든다. 깨끗한 흰색의 화피와 중앙에 미색의 컵 모양을 한 꽃이 더없이 순결해 보인다.

오늘도 매화정원에 가득 핀 여러 종의 수선화들이 있었지만 아이스폴리스수선화들을 한참이나 들여다보았다. 색은 수수한 흰색과 미색이지만 꽃 모양에는 정말 완벽한 균형미가 있다. 다른 꽃들이 시샘을 할까 봐 그만 눈길을 돌렸더니 바로 옆에 노란색 겹꽃인 타히티Tahiti수선화들이 화사한 자태를 보란 듯이 내밀었다.

'아! 요건 요것대로 예쁘네…….'

눈길이 어느새 타히티수선화에만 집중되었다.

'미안하다 아이스폴리스수선화야! 타히티수선화가 아무리 고혹적이라 해도 난 네가 가장 마음에 든단다. 너는 보고 또 봐도 질리지가 않아. 아마 네가 가지고 있는 은은하고 순수한 빛깔 때문인가 봐.'

분주한 월요일이었지만, 수선화 때문에 행복한 하루였다.

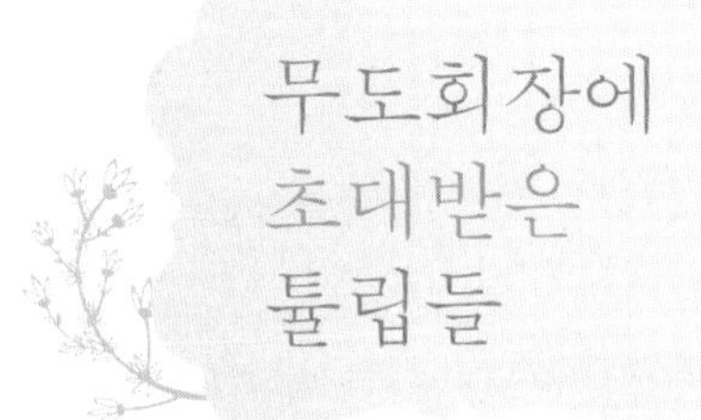

무도회장에 초대받은 튤립들

잣나무 가지가 바람에 산들거리는 상큼한 5월의 날씨다. 요즘 나는 정원을 나서면 하늘길로 걸음이 먼저 향한다. 지난번 3월에 모종을 심은 튤립은 이미 다 지고 작년 늦가을 심은 튤립들이 피기 시작한 것이다. 그동안 날씨가 저온이었던 덕에 예년 같았으면 다 지고 없었을 텐데 요즈음 튤립이 만개했다.

하늘길 양옆으로 연분홍, 보라, 빨강, 노랑 등의 튤립이 탐스러운 꽃봉오리를 곧추세우고 보란 듯이 피어 있는 것이 마치 무도회장에 나온 아가씨들 같다. 관람객들이 너도나도 그 예쁜 튤립 앞에서 사진을 찍느라고 야단이다. 행여 튤립이 다칠까 봐 조바심이 나지만 저렇게들 좋아하는 모습을 보니 가슴이 뿌듯하다.

지나가면서 관람객들이 이야기하는 것을 들어보면 저마다 좋아하는 색이 각양각색이다.

어떤 이는 진자주색의 튤립이 "정말 예쁘다"라고 말하고, 어떤 중년 여인은 크림색 튤립이 "진짜 우아하다"라고 찬사를 보낸다. 그런가 하면 젊은 연인들은 핑크빛 튤립 앞에서 사진을 찍으며 "이보다 더 아름다울 수 없다"라며 탄성을 지른다.

꽃이 다 아름답지만 솔직히 말하면 땅에서 올라와 피는 초화류 중에 튤립을 따라갈 꽃이 없다. 큼직하고 우아한 꽃봉오리의 자태와 적당한 키 그리고 화려한 색감의 꽃잎을 가진 튤립은 초본류 중에 으뜸이라 해도 과언이 아니다.

그런 튤립 중에서도 나는 연분홍색이 감돌고 끝이 톱니처럼 생긴 프린지드패밀리Fringed Family품종을 좋아한다. 정말로 색이 오묘하고 기가 막힌다. 무도회장에 온갖 치장을 하고 나온 여인 중에서도 수줍음을 타며 볼이 발그레한 시골 아가씨 같다고나 할까? 청순하면서도 화사한 그 연분홍이 가슴을 두근두근 뛰게 한다.

작년에 튤립을 심기 전에 담당직원과 디자인을 의논하면서 올해는 색상을 서로 조합해서 심자고 제안했었는데 정말 아름다움이 배가되었다. 노란색 튤립은 보라색과 섞어 심고, 연분홍은 진자주와 섞어 심으니 색의 대비가 아름다움을 더한다.

그 사이사이에 향기가 나는 보라색과 흰색의 알리섬Lobularia maritima 을 배경으로 꽂아 넣으니 마치 하늘길을 수놓은 것 같다. 오늘도 몇 번을 하늘길을 오르내리며 튤립을 보고 또 보고, 마음의 눈에 담았다. 성대한 무도회를 주최한 여왕이 된 듯 들뜨고 뿌듯한 하루였다.

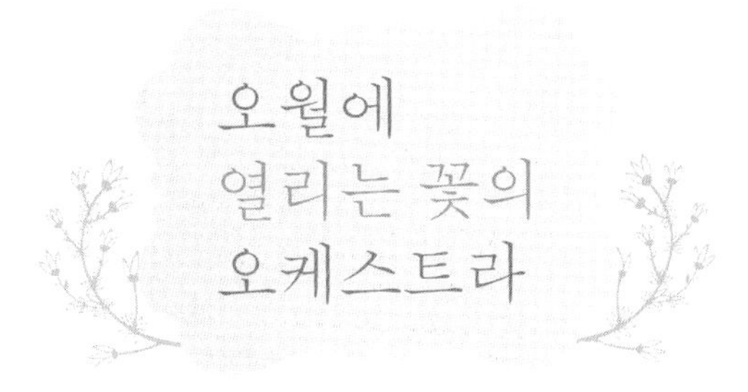

오월에 열리는 꽃의 오케스트라

초록 잎들이 눈부신 햇살 아래 반짝이고 있다. 하루가 다르게 커가는 나뭇잎들은 이제 떡갈나무의 거친 몸매에 옷을 입히고, 제법 뜨거워진 햇살을 가려주는 그늘을 드리운다. 무수한 저 나뭇잎들이 성큼 성년이 되어가는 듯싶다.

아직 5월 초순인데 빨리 어른이 되고 싶은 사춘기 소녀처럼 계절은 성급히 초록을 입었다.

'그래! 빨리 자라려무나. 그래서 저 태양을 맘껏 들이켜 꽃을 피우고, 열매를 맺게 하고 둥치를 굵게 해라.'

생명의 의욕과 성장의 의지가 온 숲을 가득 채워 내 가슴속까지 충만해지는 5월의 아침이다.

무궁화동산 언덕 위엔 영산홍이 만발하여 일제히 진홍빛 함성을 지르는 듯하다. 자생철쭉처럼 다소곳하지는 못해도 진초록의 잣나무들 사이에서 요염하고 도발적인 색감을 당당하게 드러내는 저 꽃들이 있어 아침고요의 5월은 더 화려하다.

황금조팝나무들과 황금국수나무들의 새순이 초록빛 배경에 황금색을 더하고, 단풍나무와 붉은 매자나무들의 자줏빛이 더해지니 정원은 나무만으로도 색이 풍성하다.

항상 5월 이맘때쯤이면 하경정원이 가장 아름다워 발길이 자주 이곳으로 향한다. 하루에도 몇 번씩 오는 하경정원엔 벌써 관람객들이 북적거리며 사진을 찍느라고 법석이다. 작년에도 예술적인 식재 디자인이 꽤 아름다웠는데 올해는 그동안 보아왔던 모든 것 중에서도 최상의 아름다움을 보여주는 식재 디자인이다.

크고 작은 총 10개의 화단으로 구성된 하경정원은 이름 그대로 '아래에 있는 경치'를 내려다보는 정원이다. 서양에서는 이를 선큰가든Sunken Garden이라고 부르는데 주로 인공적으로 땅을 파거나 아니면 기존의 폐광 같은 것을 이용하여 위에서 밑을 내려다볼 수 있도록 정원을 조성한다.

아침고요는 처음 조성 당시부터 설립자인 남편이 동양적이면

+ 하경정원

서도 한국적인 선큰가든을 만들 생각이었으므로 땅을 인위적으로 파거나 훼손하지 않으면서 있는 그대로의 지형을 살려 정원을 만들었다.

하경정원 초입에서 내려다보면 앞에 서 있는 산의 능선에서 연결되는 공간이 자아내는 깊이가 마치 아래로 내려앉은 정원을 보는 듯한 효과를 일으켜 한국적인 선큰가든으로 조성될 수 있었다.

인위적인 직선과 대칭적인 구도의 서양정원과 달리 한국적인 정원은 곡선과 비대칭의 균형미를 가미해 최대한 자연스럽게 조성되어야 한다는 게 남편의 지론이었다. 밖에 있는 경치를 빌려다 쓰는 차경 효과를 고려하여 앉힌 아침고요의 하경정원은 그래서 가장 자연스럽고 편안한 한국적인 선큰가든으로 태어났다.

하경정원은 사계절 꽃이 지지 않는 정원이지만 온갖 종류의 초화들을 풍성하게 볼 수 있는 기간은 역시 5월과 6월이다. 푸른 색상의 비올라와 핑크빛 튤립이 빚어내는 하모니가 아름다운 첫 번째 화단은 여성 이중창을 듣는 것처럼 청아하게 느껴진다.

긴 화단에 심긴 수십 종의 꽃들은 서로 어우러져 마치 실내악을 연주하는 듯하다. 올해도 역시 중앙화단 바로 앞 작은 화단엔 로맨틱한 분위기가 나도록 파스텔 색조의 연분홍색 마거리트Margaret와 보라색 아네모네Anemone를 매치시켰다. 배경으로 심은 작은 푸른색 물망초와 흰색의 알리섬이 더없이 애잔한 분위기를 고조시킨다.

이 화단은 마치 연인의 세레나데를 듣는 것처럼 감미로운 느낌을 자아낸다. 중앙 화단은 여러 색상의 니나리아Ninaria와 플록스Phlox 그리고 스토크Stock와 금어초등의 수십 종의 초화가 어우러져 꽃의 오케스트라를 연주하는 것 같다. 모두 이 앞에서 '아름답다'고 감탄을 터뜨리는 것을 보면 유독 나만 지나친 감상을 하는 것 같지는 않다.

누군가가 '대지는 꽃으로 웃는다'라고 표현했지만 나는 이 찬란한 아름다움 앞에서 신의 다함이 없는 은총과 사랑을 가슴 가득 경험한다. 이 황량한 대지 위에 초록의 나무와 온갖 꽃들로 자신의 사랑을 표현하는 '신의 사랑의 노래'라고 생각한다.

남편과 나는 이 아침고요를 만들고 가꾸면서 '잃어버린 낙원'을 회복하고자 꿈꾸었다. 그 꿈은 오늘 이 아침 이 자리에서 낙원이 나타난 것 같은 착각을 일으킨다.

'이곳을 다녀가는 모든 이들이 나와 같은 착각을 누리길…….'

그렇게 가슴속에 피어오르는 평화를 잔잔히 음미해본다.

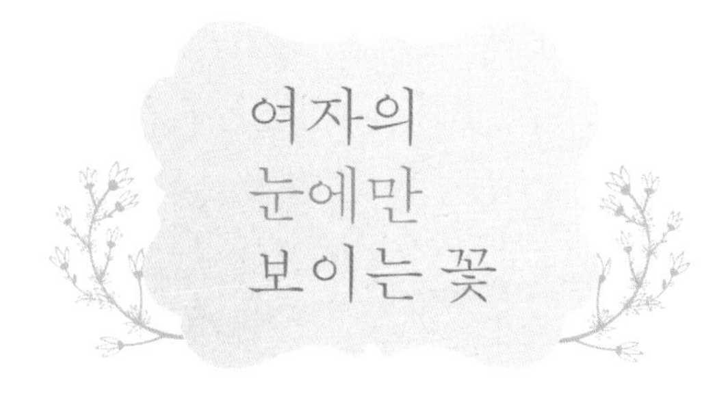

여자의 눈에만 보이는 꽃

모처럼 날씨가 따뜻하고 상쾌하다. 서둘러 카메라를 들고 관람객들이 오기 전에 사진을 찍으러 정원으로 나섰다. 며칠 전 제법 많이 내린 비로 계곡물이 불어 콸콸거리며 쏟아져 내린다. 늦었지만 녹색의 잎들이 이제야 삐져나오고 계곡물이 시원스레 흘러가니 정원에 생기가 넘친다.

그동안 노란 구름처럼 피어 있던 히어리나무 꽃들이 다 지고 이젠 잎들을 뾰족뾰족 내밀고 있다. 새봄을 맞을 때마다 애타게 기다리던 꽃인데 어느새 사라져버리고 말았다. 아쉬운 마음을 뒤로하고 어느새 걸음은 사계절 꽃이 제일 많은 하경정원으로 향한다. 어제까지 열심히 꽃을 내다 심더니 이윽고 크고 작은 10개의 화단이 화사한 봄단장을 거의 다 마쳤다.

올해는 화단마다 조금씩 다른 느낌이 들도록 심은 흔적이 보인다. 역시 이 이사의 오랜 경력과 화단 디자인 실력이 묻어난다. 이 이사는 아침고요를 설립하기 시작한 당시부터 평소에 따르던 교수님의 꿈에 매료되어 함께 땀을 쏟은 남편의 제자이다. 그동안 세계 유수의 정원들을 같이 돌아보고 배우며 바쁜 시간을 쪼개어 박사학위까지 받은 정원총괄이사이다.

화단마다 모두 여러 종류와 색상의 꽃들로 수를 놓아 마치 거대한 꽃꽂이 작품을 보는 것 같다. 올해 처음으로 씨를 사다가 파종해서 옮겨 심은 미니 스토크가 잔잔한 배경 꽃으로 아주 잘 어울리는 것 같다. 거기에 작은 나비같이 생긴 네메시아Nemesia가 수많은 꽃들을 피워 올려 어우러지니 애잔하고 사랑스러운 느낌이 든다.

여러 화단 중에서도 중앙 큰 화단 앞에 있는 작은 화단이 특별히 마음에 들었다.

스토크와 잔잔한 물망초를 섞어 배경을 만들고 분홍색 목마거리트를 화단에 풍성하게 채운 다음 그 사이사이에 푸른빛의 청화국Felicia amelloides을 꽂아 만든 모습이 어우러져 로맨틱한 느낌이 난다. 거기에 빨강 · 흰색 · 보라의 아네모네로 포인트를 준, 식물의 색과 질감을 고려한 식재 기법이 돋보이는 화단이다.

그 앞에 서 있으니 지나가는 수많은 여성 관람객들이 발길을 멈추며 아름답다고 감탄을 한다.

'그래! 역시 꽃들의 아름다움을 감상하고 표현하는 능력은 남자들보다는 여자들이 더 발달한 것 같아.'

화단 앞에 앉아서 열심히 사진을 찍는 이들도 거의 다 여성이고 꽃을 들여다보고 예쁘다고 이름을 물어보는 사람들도 여성들이다.

아침고요에 방문하는 대개의 남자들은 나무와 꽃을 보고 즐기는 데 아직 좀 서툰 면도 있는 것 같다. 내가 여자로 태어나 이 꽃과 정원의 아름다움을 섬세한 감각으로 느끼고 누릴 수 있다는 게 참 다행이다. 그러고 보면 꽃 앞에서 눈길도 주지 않고 무심코 지나치는 남자들이 참 안타깝기도 하다. 화단마다 어우러진 수십 종의 꽃들이 내뿜는 색깔과 향기가 주는 희열을 놓치고 있으니 말이다.

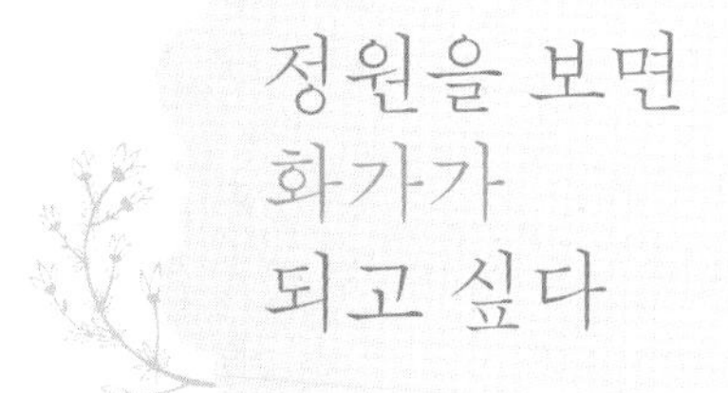

정원을 보면 화가가 되고 싶다

어제는 온종일 봄비가 주룩주룩 내렸다. 봄에 오는 비치고는 제법 양이 많아 아침에 계곡에 나가 보니 콸콸거리며 계곡물이 쏟아져 내린다. 어제 내린 비로 나무들은 더 훌쩍 키가 큰 것 같고, 나뭇잎은 더없이 싱그러워 초록물이 뚝뚝 떨어질 것만 같다. 어제는 어두침침했던 하늘이 언제 그랬냐 싶게 구름 한 점 없이 청명하다.

이른 아침인데도 햇살이 눈부시게 빛난다. 폭포처럼 쏟아지는 아침계곡을 건너 정원들을 돌아보니 모두가 목욕하고 나온 예쁜 요정들 같다. 아직도 물기를 나뭇잎에 드리운 주목들이 부드러운 새순을 늘어뜨리고, 앙증맞은 미스김라일락Syringa patula Miss Kim은 꽃잎에 물방울을 머금은 채로 진한 향기를 내뿜는다.

작년에 개울가에 심은 부채붓꽃들이 무더기로 보라색 꽃잎을 터뜨려 보라색 나비들이 내려와 앉은 것 같다. 잔디를 심은 언덕에는 은청색을 띠는 잿빛 패랭이들이 흰 꽃들을 눈부시게 피워 비에 젖은 채 햇빛에 빛난다.

예전에 영국의 한 고성정원Manor Garden을 방문했을 때 고성 안뜰에 꾸며진 흰색정원White Garden이 인상적이었다. 하얀 사과꽃이 만발한 정원 안에 대칭으로 난 두 개의 직선 관람로에 나란히 심어놓은 하얀 패랭이꽃이 정말로 아름다웠다. 흐드러지게 핀 흰색의 꽃들이 단아한 아름다움을 자아내고 있었다.

그때 이후로 이 잿빛 패랭이꽃의 아름다움에 반해 우리 정원에도 더욱 많이 심자고 제안해 여기저기에서 그 꽃을 만날 수 있게 되었다. 다섯 장의 꽃잎은 바람개비처럼 한 방향으로 살짝 겹치고 꽃잎 끝 부분은 잘게 갈라져 있어 마치 가장자리에 레이스를 두른 듯하다.

오늘 아침 이 맑은 햇살 아래 은청색 줄기 위에 흰 꽃을 나부끼는 잿빛 패랭이 군락 앞에서 발길을 멈추고 꽃 한 송이 한 송이를 찬찬히 들여다본다.

마침 까만색 나비 한 쌍이 팔랑거리며 날아와 이 꽃 저 꽃에 대롱을 박고 꿀을 들이켠다. 흰색 꽃 바탕에 까만 나비가 내려앉은 모습이 절묘한 색의 대비를 이루며 숨 막히는 아름다움을 연출한다. 아! 내가 화가였다면 이 정경을 한 폭의 그림 속에 담았을 텐데…….

화가가 되지 못한 게 못내 아쉽고, 그림을 잘 그리는 사람이 이토록 부러운 적도 없는 것 같다. 아쉬운 마음을 접고 황홀했던 정경을 대신 마음의 눈으로 그리며 정원을 내려왔다.

잿빛 패랭이 흰 꽃 위에 날아와 앉은 나비는 금세 날아가 버리고 순간의 아름다움으로 남았지만 그 아름다움이 내 가슴속에 일으킨 행복의 파문은 늦은 밤까지 계속 번져온다.

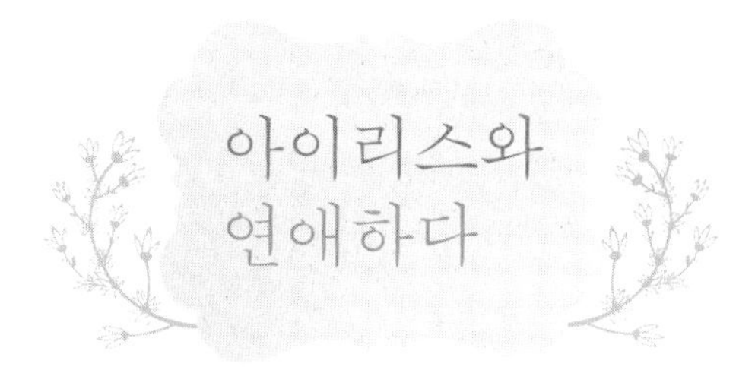

아이리스와 연애하다

올해 5월 날씨는 꼭 여름날같이 덥고 뜨겁다. 지난주에도 내내 기온이 올라가더니 앞다투어 꽃들이 피어난다. 봄이 없어져버린 것 같은 기후에 식물들도 적응이 잘되지 않는지 순서대로 피어야 할 꽃들이 한꺼번에 피어나 어떤 꽃에 먼저 눈길을 주어야 할지 정신이 없다.

예년보다 좀 빨리 피는 것 같은 붓꽃이 지난주부터 피기 시작하더니 이번 주에는 부채붓꽃이 일제히 개화를 시작했다. 오늘 보니 아이리스정원이 보랏빛으로 가득하다.

붓꽃을 영어 이름으로는 아이리스Iris라 부른다. 아이리스에는 시브리카Sybrica 계통과 엔사타Ensata 계통이 있는데 시브리카 계통

이 붓꽃 종류이고, 엔사타 계통이 꽃창포 종류다. 시브리카 계통의 붓꽃 종류들은 건조한 곳에서도 잘 자라며 주로 5월 말쯤 만개하는 반면, 엔사타 계통의 꽃창포 종류들은 물을 좋아하여 연못이나 물가에서 잘 자라며 6월 중순이나 되어야 꽃을 피우기 시작한다.

우리 자생종에는 붓꽃과에 속하는 여러 붓꽃이 있지만 아침고요에는 부채붓꽃이 제일 많은 것 같다. 까다롭지 않고 추위에도 잘 견디어 몇 해 전 아이리스정원을 조성할 때 둑에다 심어놓은 것들인데 해가 묵을수록 포기가 늘어나고 씨를 금세 퍼뜨려 아이리스정원에 가득 차게 되었다.

기특한 것들! 언제 이렇게 덩치가 커져 새끼들을 많이도 낳았는지 모르겠다.

붓꽃보다 꽃 색깔은 좀 연하지만 꽃줄기가 높고 가지가 갈라져 꽃이 더 풍성하게 피기 때문에 이 꽃이 무리지어 피어 있으면 보랏빛 안개가 자욱한 것 같다. 보랏빛은 참 신비롭고 마음을 차분하게 해준다.

조금 전 멀리서 이 부채붓꽃들이 보랏빛 안개처럼 내 시야에 들어왔을 때 가슴속에 파장이 일어났다.

가슴속에 잔잔하게 퍼지는 설렘…….

처음으로 누군가를 그리워하던 그 어릴 적 아릿한 그리움과 맞닿은 느낌이랄까? 참 오랜만에 느끼는 신비로움이었다. 이렇게 가슴이 설레니 보랏빛 부채붓꽃이 무슨 조화를 부린 것인지…….

붓꽃은 꽃잎과 꽃받침의 구분 없이 밖으로 난 석 장의 외화피, 안으로 난 석 장의 내화피, 이렇게 모두 여섯 장의 꽃잎을 피운다. 부채붓꽃은 다른 붓꽃들보다 꽃의 크기가 좀 작지만 외화피 안쪽에 노란색의 그물 무늬가 있어 자세히 들여다보면 볼수록 매력이 있다.

부채붓꽃 위쪽 화단에는 원예종 아이리스들을 심어놓았는데 시브리카 계통의 아이리스들이 이제 막 피어난다. 연분홍의 아이리스 품종이 제일 먼저 꽃을 피웠고, 깊고 짙은 청보라의 아이리스가 소담하게 꽃을 피웠다. 품종 이름이 에버어게인Ever Again이라나.

꽃대도 크고 꽃도 커서 우아하고 아름답기 그지없다. 저 짙은 청보라 색감의 아이리스가 가슴을 뛰게 한다. '숨이 멎는 아름다움'이란 표현은 이럴 때 하는가 보다.

역시 나는 아이리스와 청색을 정말 좋아하나 보다. 그냥 아이리스의 우아한 생김새가 좋고, 짙은 청색이 도는 보라색을 보면 좋다. 왜 좋은지는 설명할 재주가 없다. 보고 또 보아도 질리지 않고, 돌아서면 눈에 삼삼히 떠오르니 아이리스와 연애에 빠졌다고 할 수밖에.

아이리스에 얽힌 일화도 아이리스만큼이나 아름답다.

옛날 이탈리아에 '아이리스'라는 아리따운 소녀가 살았는데 귀족 청년과 결혼하여 행복하게 살다가 그만 남편이 몇 년 지나지 않아 죽었다. 얼굴도 마음씨도 아름다운 이 미망인에게 구애하는 남성들이 많았지만, 아이리스는 홀로 파란 하늘만 벗 삼아 살았다. 어느 날 산책을 하다가 우연히 마주친 화가가 파란 하늘을 그리는 것에 끌려 이야기를 나누게 되고, 화가도 아이리스를 사모하게 되어 청혼하기에 이르렀다.

아이리스는 그때 살아 있는 것같이 아름다운 꽃을 그려줄 수 있다면 청혼을 받아들이겠다고 약속한다. 화가는 온 힘을 다하여 꽃을 그려 아이리스에게 보여주고, 아이리스는 정말 살아 있는 것 같은 꽃을 보게 된다. 그러나 마음이 움직이지 않아 "이 꽃에는 향기가 없다"라고 하며 청혼을 거절하려는 순간 그 그림에 나비가 날아와 앉은 것을 보고 결국 화가의 품에 안긴다는 전설이다.

이 화가가 그린 꽃이 바로 아이리스였다. 파란 하늘을 좋아했던 여인의 마음을 움직인 꽃 색깔도 역시 청색의 아이리스였으리라.

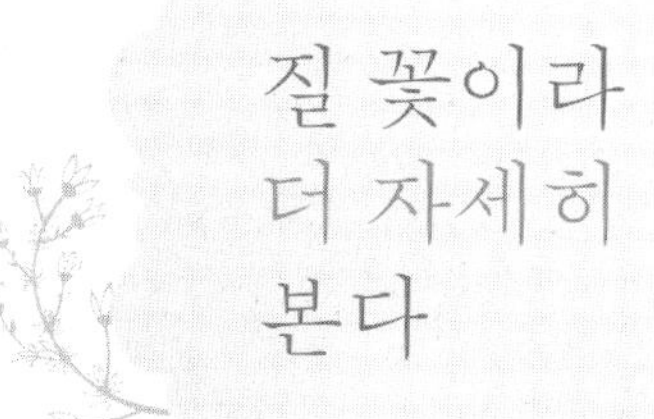

질 꽃이라 더 자세히 본다

아침 햇살이 눈이 부시도록 청명한 5월의 마지막 주 월요일이다. 지난주엔 독일 정원박람회에 다녀오느라 열흘 이상 수목원을 비웠다. 간 김에 독일 주요 도시의 정원들을 돌아보았다. 넓은 도시 한복판에 다양한 종과 엄청난 양의 식물들을 모아 아름다운 정원을 조성한 독일인들. 정원에 대한 그들의 열정과 정성에 감동받았다.

특히 하노버의 헤렌하우젠 정원에 부속된 베르크 정원은 정말 아름다웠다. 세월의 흔적이 보이는 풍성한 식물 종들과 큰 나무들이 서 있는 숲길을 따라 끝없이 펼쳐진 여러해살이풀꽃들의 파노라마가 장관을 이루었다.

이번 정원박람회는 격년제로 열리는 연방정원박람회인데 독일의 쾰른 옆 작은 도시 코블렌츠에서 개최되었다. 라인 강변의 성곽 요새 언덕 위에 펼쳐진 전시원도 볼 만했지만 언덕 위에서 내려다보이는 그림 같은 도시와 그 도시를 감싸 안고 굽어 흐르는 라인 강의 유려한 풍광이 기막히게 아름다웠다. 이번 박람회에서 다양하게 표현된 초화 식재가 얼마나 다양한 아름다움을 연출할 수 있는지를 깨닫고 배울 수 있었다.

독일 정원투어를 마치고 한국에 도착하자마자 우리 정원이 어떻게 변해 있는지 궁금하여 시차 때문에 눈이 감기는데도 수목원에 왔나. 어느새 초록이 짙어지고 나뭇잎들이 풍성해졌다. 잣나무 위에서 울어대는 뻐꾸기 소리가 한가롭고 정겹다. 그사이 갑자기 기온이 높아져 벌써 30도에 육박하는 여름 같은 날씨다. 철쭉이 늦어 그 화려한 절정을 못 보고 떠났는데 오늘 와보니 이미 다 져버리고 말았다.

아쉽게도 올해엔 철쭉이 만개한 모습을 보지 못하는구나. 대신에 정원 곳곳엔 어느덧 매발톱꽃들이 지천이다. 청색의 하늘매발톱, 번식력이 왕성한 자줏빛이 도는 매발톱, 화사한 색상과 모양을 지닌 원예종 매발톱이 하늘하늘거리며 정원 여기저기를 채우고 있었다.

+ 매발톱꽃

매발톱꽃들을 살피며 걷다 보니 개울가 다리 옆에는 어느새 부채붓꽃들이 활짝 피어 있다. 언덕을 올려다보니 우리 자생종인 붓꽃들이 그 청초한 꽃잎들을 터뜨리고 있다. 긴 대에 붓처럼 돌돌 말려 있는 뾰족한 꽃봉오리들이 아직 많이 남아 있는 걸 보니 이제 막 개화가 시작된 것 같다.

아! 나는 저 색깔이 참 좋다.

청색이 감도는 보랏빛의 붓꽃은 정말 단아하고 청순한 느낌을 준다. 몇 년 전에 수입해서 심은 원예종의 일본 아이리스들이 꽃은 더 크고 화려하지만, 우리 붓꽃처럼 청초한 느낌을 주지는 않는다. 그러나 이 붓꽃은 개화기가 무척 짧아 참 아쉽다. '이제 피는구나' 하면 금세 져버린다. 그래서 수많은 시인들이 아름다운 꽃의 덧없음을 노래했나 보다. 올해는 붓꽃을 오래오래 마음속에 간직하기 위해 더 많이 들여다봐야겠다.

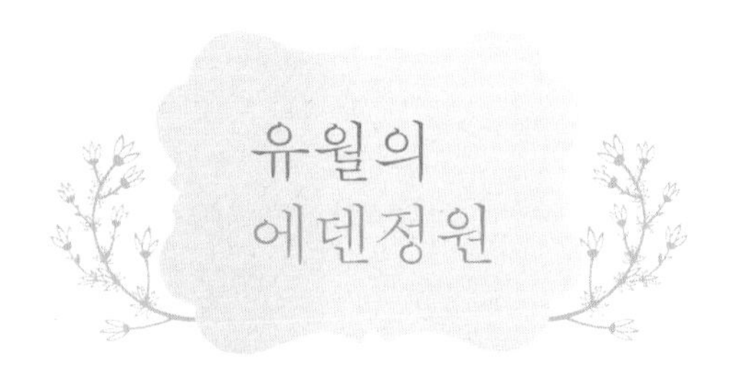

유월의 에덴정원

싱그러운 6월의 숲에서 뻐꾹새 울음소리가 정겹게 들린다. 해마다 작약이 필 때쯤이면 뻐꾹새가 울었는데 올해는 작약이 지기 시작하는데도 뻐꾹새 소리가 나지 않아 어디로 도망을 간 것인가 은근히 걱정하던 터였다. 지난주 내내 몸과 마음이 과로해서 지쳐 있던 터에 뻐꾹새 소리를 들으니 무척 반갑고 위안이 된다.

삶이 버겁지 않은 사람이 있을까마는 '이렇게 좋은 곳에서 사니 걱정 근심이 없겠다'라고 남들이 부러워하는 나에게도 힘겨운 시간은 있다. 이렇게 힘든 시간을 보낼 때 숲과 정원은 내게 큰 위로와 안식을 준다. 마음에 격정이 일고, 일이 손에 잡히지 않을 때 정원으로 나서 산책을 하다 보면 꽃들이 위로의 말을 건네고 새

+ 에덴정원

들이 노래를 불러 마음을 평온케 한다.

오늘 아침엔 에덴정원에서 사진을 찍으며 시간을 많이 보냈다. 지난주에는 정말 예쁘고 탐스럽게 피어 있던 작약이 벌써 시들어 가고 있다. 그동안 고온이 계속되는 바람에 며칠은 더 예뻤을 꽃이 수명을 재촉하는 땡볕을 원망 한 번 해보지 못하고 지는 것 같다.

개원 10주년을 기념하여 조성된 에덴정원은 장미와 작약 그리

+ 작약
+ 황금조팝나무꽃

고 여러해살이풀꽃들을 심어 6월이 되면 꽃들이 만발하는 정원이었다. 백여 종의 장미와 작약이 피고, 수십 종의 여러해살이풀들이 피어 어우러진 정원은 말 그대로 에덴동산처럼 아름다웠다.

그런데 해가 갈수록 여름이 우기에 가까워지다 보니 장미 가꾸는 일이 너무 어려워졌다.

비가 잦으면 장미는 병에 걸리기 때문에 농약을 수시로 쳐야 꽃을 제대로 볼 수 있다. 농약을 치면서까지 장미를 기를 수는 없어서 몇 년 전에 그 아까운 장미들을 다 캐내고 병충해에 강한 덩굴장미들만 남겨 놓았었다. 장미를 캐낸 자리에 사초 종류들을 심고 여러해살이풀들을 보강하였는데, 2년간은 장미가 없는 에덴정원이 허전하고 볼품이 없어진 것 같아 영 아쉬운 마음이었다.

오늘 아침 에덴정원에 서보니 장미 대신에 들어찬 각종 사초들이 자리를 많이 잡아가고 있다. 은빛과 금빛 그리고 잿빛의 억새들이 여러해살이풀들과 어우러져 훌륭한 여름정원으로 거듭나 있었다.

키 낮은 황금조팝나무를 펜스 삼아 길옆으로 나란히 심어놓은 것이 자리를 잡아 일제히 분홍색 꽃들을 피워내고, 작년에 많이 심은 하늘색 델피니움Delphiunium이 보라색의 샐비어Salvia와 나란히 어울려 멋진 하모니를 이룬다. 그대로 따다가 귀부인의 가슴에 꽂으면 우아한 코르사주Corsage가 될 것 같은 클레마티스Clematis도 정원 여기저기의 지지대를 타고 오르며 흐드러지게 꽃을 피웠다.

거기에 앙증맞은 패랭이들이 흰색과 빨간색으로 치장을 하고, 요염한 꽃양귀비까지 하늘거리는 꽃을 피우니 에덴정원은 장미가 없어도 예전보다 더 매력적으로 변했다.

장미를 포기하고 캐냈을 때는 이 정원이 이렇게 아름다워지리라고는 기대하지 않았다. 단지 6월부터 가을까지 정원이 쓸쓸하지 않도록 자리나 채울 것으로 생각하고 식물들을 배치한 것인데 이렇듯 더 아름다운 모습으로 성숙해진 에덴정원의 식물들이 대견할 따름이다.

'꽃의 여왕'이라 불리는 장미. 그래서 그것을 대신할 꽃이 없다고 아쉬워했지만, 각종 여러해살이풀들이 어울려 피운 꽃들의 하모니는 여왕의 아름다움을 능가하고도 남는다. 굳이 장미같이 뛰어난 인재가 아니더라도 제 몫을 담당하며, 팀워크를 조화롭게 이룰 줄 아는 사람이라면 훌륭한 직원으로 인정해주어야겠다고 마음먹는다. 오늘 아침 에덴정원에 가득 핀 꽃들이 내게 가르쳐준 경영의 지혜다.

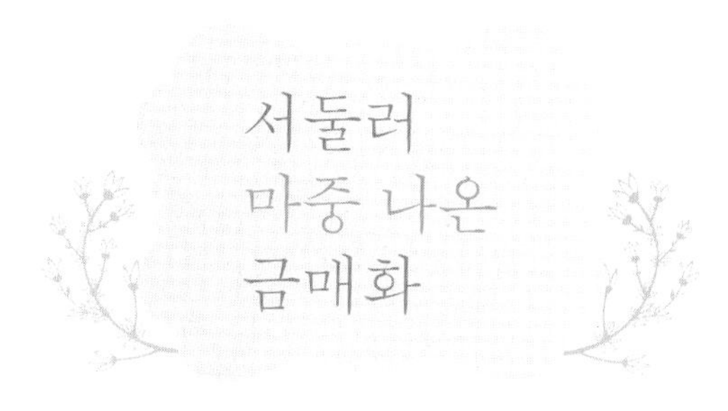

서둘러 마중 나온 금매화

미국에서 오랜만에 나온 친구와 함께 수목원에서 하룻밤을 보내고 정원을 함께 둘러보기 위해 아침나절 문을 나섰다. 허브정원을 지나 무궁화동산 위 전망대에 올라갔다.

높은 곳에서 바라보니 앞산의 초록이 시야를 가득 채운다. 펼쳐진 풍경이 온통 초록이다.

한껏 부풀어오른 앞산의 떡갈나무 숲이 마치 초록 뭉게구름 같고, 짙은 초록의 잣나무들은 햇살을 받아 더 빛난다. 툭하고 건드리기만 해도 초록 물이 뚝뚝 떨어질 것만 같은 6월의 아침이다. 발아래엔 흰색의 샤스타데이지Shasta Daisy 한 무리가 환하게 웃고 있다. 저 꽃도 내가 좋아하는 꽃 중 하나다.

해가 잘 드는 양지쪽에 심어놓았더니 해가 묵을수록 잘 퍼져 이젠 제법 군락을 이루었다. 초록이 짙어지는 6월에는 유난히 하얀 꽃들이 많이 핀다. 저 아래 개울가에 심은 산딸나무꽃도 하얗고 바로 아래에 있는 백당나무꽃도 하얗다. 이제는 고목이 된 산딸나무에 수천 마리의 흰나비가 날아와 앉은 듯 하얀 꽃잎들이 빼곡하다. 그러고 보니 불두화도 그 탐스런 하얀 꽃을 피워 이미 꽃잎들을 땅에 떨어뜨리고 있다. 아마 온통 초록 천지인 배경에서는 흰 꽃이 돋보여 벌과 나비가 날아들도록 조물주께서 그렇게 설계하셨나 보다.

개울을 건너 올해 심혈을 기울여 새로 조성한 아이리스원으로 향한다. 작년까지는 독일 계통의 아이리스들이 살던 곳이었는데 처음 700여 종을 심었던 것이 계속 도태되어 얼마 남지 않자 올해 원예종으로 개량된 일본계의 꽃창포 100여 종을 심었다.

'꽃이 피었을까?' 궁금하다. 물기를 좋아해 논처럼 만든 화단에 벼 포기처럼 서 있던 것들이 드디어 긴 잎사귀들 사이로 꽃대를 내밀고 그 귀여운 붓끝을 아직 돌돌 말아 감고 있다. 시브리카 계통의 꽃들은 이미 5월 말에 다 피어서 이제 지고 있고, 엔사타 계통의 아이리스들이 힘차게 꽃대를 내민다.

다음 주면 이 엔사타 계통의 아이리스들이 그 오묘한 색의 우아한 꽃들을 피울 것 같다. 이렇게 기다리는 걸 보니 아마 내가 가장 좋아하는 꽃이 아이리스인가 보다. 분홍, 보라, 연미색, 노랑 등 색상과 모양이 각기 다른 아이리스들이 너른 화단을 가득 채워 꽃을 피우면 어떤 아름다움을 연출할지 몹시 기대된다. 내가 흥분한 어조로 아이리스에 대해 설명해주니까 친구도 덩달아 보지도 않은 정원을 본 것처럼 "어머! 이게 다 피면 정말 황홀하겠다"라고 맞장구를 친다.

+ 백당나무꽃

하경정원의 흐드러진 꽃 잔치를 둘이서 실컷 감상하고 서화연의 아이리스들은 어떻게 되었나 싶어 서둘러 서화연으로 향한다. 벌써 심은 지 3년이 지나서인가 이곳의 아이리스들은 잎사귀가 힘차게 자랐다. 역시 꽃대를 힘껏 올리고 꽃잎들을 돌돌 말아 뾰족하게 싸맨 그 통통한 봉오리들을 터뜨리기 직전이다.

"얘들아! 다음 주에 제발 빨리 피어주기를 바란다. 다음 주에 행사를 계획해놓고 귀한 손님들을 잔뜩 초대했잖니? 너희들이 그

+ 금매화

우아한 꽃잎을 하늘거리며 손님들을 환영해줘야 내가 좀 우쭐거리지 않겠니?"

연못을 한 바퀴 돌다 보니 생각지도 않은 금매화가 그 고운 자태를 드러내고 줄줄이 꽃봉오리를 터뜨렸다.

어느새 금매화가 피었나? 마음에는 온통 아이리스 생각으로 차 있어 미처 돌아보지도 않았던 금매화에게 약간 머쓱했다. 하지만 무척 반갑고 기특하다. 그 고귀한 황금빛을 머금은 꽃송이를 다소곳이 치켜들고 내 발길을 기다리고 있었던 것 같다. 서둘러 카메라를 꺼내 이쪽저쪽에서 열심히 금매화의 모습을 카메라에 담으며 마음의 눈에도 담아보았다.

피고 지니 정원은 아름답다

새벽에 천둥 번개가 치며 소나기가 세차게 쏟아졌다. 정원이 걱정되어 잠을 설쳤나. 비가 멈추기를 기다려 우산을 쓰고 능수정원으로 나서니 걱정은 기우에 불과했다. 세찬 빗줄기에 키가 큰 꽃들이 쓰러졌을 거라 생각했는데, 비에 흠뻑 젖었지만 쌩쌩하고 꼿꼿하게 다 서 있는 게 아닌가?

기특한 녀석들! 어찌 그리 잘 버텨주었는지 모르겠다. 노랑원추리, 아이리스, 벨가못Bergamot 모두 다 무사했다. 정말 다행이다.

보라색, 자주색 꽃잎을 늘어뜨리고 아침마다 나를 반겼던 아이리스가 이제 하나둘 시들어가고 능수정원엔 다른 식구들이 고개를 내밀고 환한 웃음으로 나를 맞는다. 꼬리풀의 원예종인 분

+ 노랑원추리

홍 · 보라의 베로니카Veronica가 피었다. 분홍색이 먼저 피더니 이제 청보라의 베로니카가 뒤를 잇는다.

기다란 꼬리 모양의 꽃이삭을 가지 끝마다 세우고 있는 베로니카는 그리 화려하진 않아도 단정한 모습이 착한 여학생 같다. 얌전한 베로니카 사이사이에 오렌지 빛깔의 백합이 큰 얼굴을 내밀고 환하게 웃는다. 솔직히 베로니카의 청초함에 더 끌리지만, 백합이 큰 얼굴을 내밀고 웃고 있으니 아는 척을 안 할 수가 없다.

백합의 인사를 웃으며 받고, 노란 버드나무 그늘을 지나니 요염한 벨가못 무리가 힘차게 피어올라 내 발길을 멈추게 한다.

몇 년 전에도 허브정원에 벨가못을 심었는데 한 해만 꽃을 보고 이듬해엔 많이 도태되어 별 재미를 보지 못하였다. 작년 봄에 이 능수정원 비탈진 구석에다 수십 뿌리를 사다 심었더니 여름에 꽃이 제법 피었었다. 한 해를 묵어서인지 올해는 꽃송이가 더 튼실하고 커졌다.

벨가못은 허브식물로서 '벨가못 오렌지'의 냄새가 난다 하여 벨가못이라는 이름으로 불린다. 꽃보다는 잎에서 은은한 허브향이 나는데 신선한 잎을 몇 잎 따 넣고 뜨거운 물을 부어 우려내 마시면 입 안 가득 깨끗하고 그윽한 향이 오래 남는다.

벨가못은 줄기 끝에 많은 꽃들이 촘촘히 모여 달려 있어 전체가 한 송이 꽃처럼 보이는 두상꽃차례를 하고 있다. 가느다란 주머니 같은 꽃이 줄기 끝에 수십 개씩 돋아나와 꽃잎을 벌리면 마치 깃털을 많이 꽂아 장식한 모자를 쓴 귀부인 같다.

선홍색의 벨가못은 사뭇 도발적인 모습으로 시선을 잡아끈다. 같은 꽃 모양을 하고 있어도 연분홍색의 벨가못은 빨간색과는 느낌이 다르다. 조금은 절제된 멋을 부린 귀부인 같아 바라볼수록

+ 아이리스

+ 벨가못

그 아름다움에 매료된다.

분홍색 벨가못에 코를 대고 향내를 맡아 길게 들이쉬고 음미해본다. 정갈한 귀부인의 체취가 풍기는 것 같다.

7월 초의 능수정원은 이렇듯 피고 지는 꽃들로 여름을 장식한다.

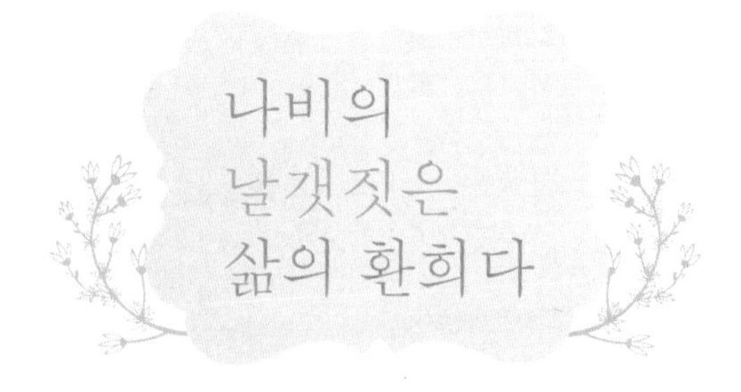

나비의 날갯짓은 삶의 환희다

어제 하루 내내 비가 오더니 오늘 아침에야 비가 그쳤다. 올 장마철은 정말 비가 지겹도록 많이 온다. 꽃이 망가지고 관람객이 줄어들어 일기예보에 촉각을 곤두세우며 제발 비가 그만 오기를 바라는데 앞으로도 연일 내릴 모양이다.

심드렁한 기분으로 문을 나서는데 능수정원에 핀 백합이 노란 얼굴로 활짝 웃으며 인사를 한다.

"그렇지! 백합꽃이 항상 이맘때쯤 피었지!"

올해 다시 핀 백합을 보니 금세 기분이 풀렸다.

일년초화들은 비에 망가졌지만 해마다 피는 여러해살이풀들은 비가 오는 중에도 싱싱하게 잘도 크고 꽃을 피운다. 능수정원에 플록스가 피기 시작하고 다 없어진 줄 알았던 벨가못도 피었다.

보라색 베로니카도 하나둘 피기 시작하는 걸 보니 능수정원이 이제 제철을 만나는 것 같다.

"그래! 욕심을 지닌 나만 비를 원망하고 속상해하는 거지, 저 아이들에게 비는 당연한가 봐. 하긴 비가 많이 와야 여름내 뜨거운 태양에 시달려도 물기를 머금은 땅 덕분에 견딜 만하겠구나. 맞아! 정원의 주인은 내가 아니고 쟤들이지!"

생각이 여기에 미치니 마음이 편하다. 한결 가벼워진 걸음으로 아침계곡을 건너 약속의정원으로 향했다. 여러해살이풀들이 사는 정원이다. 황금색의 헬리옵시스Heliopsis가 어느새 쑥쑥 자라 꽃을 피우고 핑크와 진분홍의 노루오줌Astilbe도 여기저기 무더기로 피어 화사한 빛을 던져주고 있다.

약속의정원 전망대에 올라가니 사방을 한자리에서 둘러볼 수 있어 좋았다. 재작년에 조성한 원추리원에 수십 가지 원추리 꽃들이 벌써 피어 있다. 노랑, 주황, 오렌지 색깔의 원추리들이 이젠 제법 풍성한 몸매를 자랑하며 서로 어우러지고 있다.

작년까지만 해도 좀 빈약하다 싶어 안쓰러웠는데 오늘 피어 있는 모습을 보니 참 대견스럽다. 여러해살이풀들은 심고 풀만 잘 매주어 3년만 지나면 이렇게 풍성해져 보답을 한다. 여러 품종의 원

추리들이 혼합 식재되어 어우러지니 마치 유화로 그린 그림 같다.

"어머! 저건 청색 나비네!"

내려다보고 있자니 어디서 날아왔는지 청색을 띤 나비 한 쌍이 나풀거리며 원추리 꽃잎에 내려앉는다. 카메라를 잽싸게 꺼내 셔터를 눌러대지만 연신 나비는 날아가고 나는 이리저리 뛰어다니며 나비를 쫓는다.

그렇게 한참을 원추리원에서 떠나지 못하고 나비를 쫓다 보니 여러 종류의 나비들이 날아와 앉아 꿀을 빨고는 날아가고 또 다른 나비들이 다시 팔랑거리며 날아온다. 어제 온종일 비가 와서 나비들이 일을 못해 배가 고팠나 보다. 살랑거리는 바람을 타고 이 꽃 저 꽃으로 날아나니며 실컷 꿀을 들이키는 나비의 모습이 실로 경이롭다.

생존을 위한 날갯짓이 어쩌면 저리도 신나고 환희에 차 있을 수 있을까?

산다는 것은 아마 이런 걸 두고 하는 말일 것이다. 마지못해 그럭저럭 사는 게 아니고 이렇게 신명나게 기쁨에 겨워 날갯짓을 하는 것이 사는 것이겠지? 주어진 생을 충실하게 즐기면서 열심히 생존을 위해 일하는 것, 산다는 것은 살아내야 한다는 엄숙한

과제를 기쁘게 수행하는 것인지도 모른다.

꽃이 있고 꿀이 있어 너무도 행복하고 감사하다는 나비의 환희에 찬 팔랑거림이 내 가슴에 진한 감동으로 다가온 하루였다.

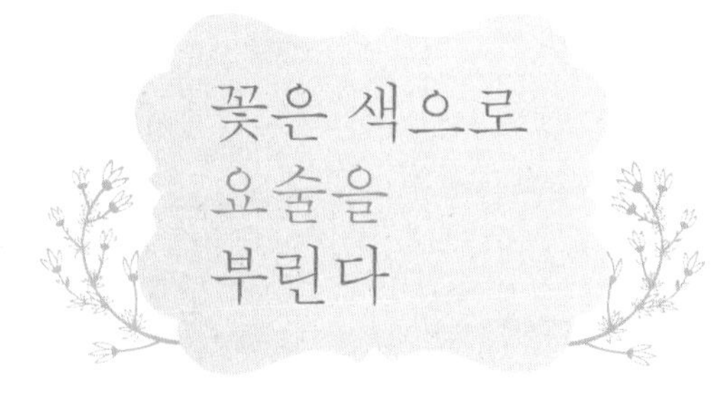

꽃은 색으로 요술을 부린다

정말 오랜만에 맑은 해가 떠올랐다. 그동안 햇빛에 굶주려 있던 온갖 초목들이 밝은 태양을 향해 손짓하며 환영하는 것 같다. 어디 초목뿐인가? 휴가철인데도 비가 계속 내려 떠나지 못했던 사람들에게도 햇빛은 너무나도 반가울 수밖에 없다.

아침부터 관람객들이 줄을 이어 입장하는 걸 보니 이제 제법 여름 성수기다운 분위기가 난다. 벌써 아침계곡 그늘에는 돗자리를 깔고 모여 앉아 피서를 즐기는 가족들로 붐빈다. 전망 좋은 계곡 옆 몇 안 되는 정자에도 언제 자리를 잡았는지 식구들이 벌렁 드러누워 풀벌레 소리를 자장가 삼아 눈들을 붙이고 있다. 자릿세도 안 받으니 아마 땡잡았다 싶어 낮잠 한번 늘어지게 주무실 모양이다.

정원을 한 바퀴 돌고 나니 온몸에 땀이 흐르고 여간 더운 게 아니다. 다른 여름날 같았으면 이 더위를 탓했겠지만 정말 오랜만에 쬐어보는 뜨거운 햇볕인지라 그저 이 무더움도 고마울 뿐이다. 이렇게 쨍쨍 햇볕이 내리 쬐어야 과일도 익고, 호박도 열리고 무궁화도 피고 맥문동도 필 것이다.

꼭 필요하고 아주 소중한 것이지만 늘 곁에 있으면 그 소중함을 잘 모르는 것 같다. 그래서 삐친 태양이 몇 주 동안 비구름에 살짝 숨어버리니 전부들 햇볕 없이는 못 살겠다며 난리를 쳐대는 바람에 겨우 오늘 태양이 못 이기는 체하며 다시 모습을 보여주는 것 같다. 가끔은 사라져야 소중함을 깨닫나 보다.

이 뜨거운 태양을 제일 반가워하는 꽃이 여름의 꽃 '플록스'이다. 해마다 7월과 8월에 피는 이 꽃은 햇볕이 작열해야 꽃이 무성하고 실하다. 비가 오면 잎을 오므리고 축 처져서 화색이 하나도 없다.

약속의정원과 에덴정원 그리고 하늘정원에 심긴 플록스들이 오늘 제철을 만난 듯 화색이 제법 돈다. 따가운 햇빛을 좋아하는 놈들이라 꽃 빛깔도 화끈하고 정열적인 게 많다. 제일 많이 심은

+ 스타파이어
+ 다윈스조이
+ 페퍼민트트위스트

진분홍의 플록스가 있고, 오렌지색이 나는 플록스와 빨간색의 플록스도 있다. 진한 빨강의 스타파이어Star Fire 품종은 몇 가지만 피어 있어도 시선을 사로잡을 만큼 도발적이다. 그래도 나는 흰색 꽃잎에 분홍색 심이 있는 다윈스조이Dawins Joy 품종이 제일 맘에 든다. 은은한 화사함이 있어 오래 바라보아도 질리지 않고 마음을 애잔하게 해준다.

조금 전에 본 약속의정원 한가운데 있는 화단에 심은 페퍼민트트위스트Peppermint Twist 품종도 참 아름답다. 흰색의 꽃잎에 연한 핑크색 줄무늬가 있어 마치 사탕 같은 모양을 하고 있다. 그 꽃을 바라보고 있으면 입가에 미소가 흐르며 기분이 유쾌해진다. 마치 귀여운 아가를 바라볼 때처럼 앙증맞고 사랑스럽다. 하늘정원 맨 끝자락 달빛정원에 심은 순백의 플록스는 또 얼마나 아름다운가?

아직 남아 있는 백합과 어울려 순백의 하모니를 빚어내 마음을 순수하게 해준다. 같은 꽃이라도 이렇게 색깔에 따라 느낌과 전해지는 기분이 다른 걸 보니 색깔은 분명 요술쟁이인가 보다.

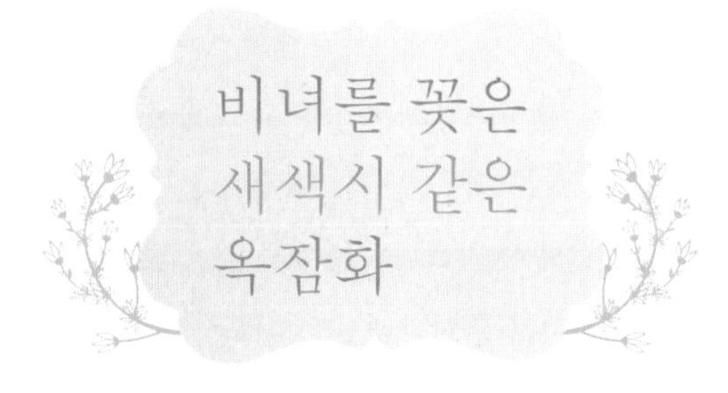

비녀를 꽂은 새색시 같은 옥잠화

말복도 지났건만 연일 무더위가 계속되는 날씨다. 후덥지근한 습기가 온 대지를 감싸 가만히 앉아 있어도 힘이 들 지경이다. 해가 내리 쬘 때 밖으로 나서면 땀으로 범벅이 되어 정원을 돌아볼 엄두도 내기 어렵다. 해가 지기를 기다려 저녁을 서둘러 먹은 후 정원을 한 바퀴 돌아보기 위해 산책을 나섰다.

며칠 전 폭우로 키가 큰 화초들은 많이 쓰러졌다. 그 화초들을 일으켜 세우느라 직원들이 수고한 흔적이 곳곳에 보인다. 플록스와 달리아Dahlia 등 화사한 여름꽃들이 잦은 비에 많이 망가졌다. 한참은 더 피어 있을 꽃들이 폭우에 망가진 것을 보니 마음이 짠하다.

우리나라에서 여름에 식물 기르기는 여간 힘들지 않다. 높은 습도와 고온 그리고 잦은 폭우, 올해는 유난히도 그렇다. 8월 들어 늦장마처럼 계속 습하고 비가 많이 왔다. 그래서 그런지 대부분의 원예종은 말라 사그라지거나 녹아내려 자취를 찾아보기가 어렵다. 아마 축축한 땅과 더운 습기를 더는 견디지 못해 고사해버린 듯하다.

그러나 이 무더위와 폭우 속에서도 싱싱하고 씩씩하게 꽃을 잘 피우는 식물들은 역시 우리나라 자생식물들이다. 오랜 기간 이 나라의 기후와 풍토에 잘 적응한 덕분에 잘도 견디는 식물들은 이렇게 습한 뙤약볕 속에서도 정말 싱그럽게 꽃을 피운다. 잣나무 숲 길가에 무리지어 심어놓은 맥문동이 그중 하나다.

윤기 나는 초록 잎 사이 위로 보랏빛 꽃대를 쭉쭉 일으켜 세워 꽃을 피어 올린 맥문동은 라벤더보다 더 아름답다. 해마다 8월 중순이면 보랏빛 카펫을 잣나무 숲 속에 깔아놓은 것처럼 꽃을 피우더니 올해도 어김없이 꽃을 피워 올렸다. 저녁 어스름에 보랏빛이 이미 어둠속으로 사라져가는 중이다.

전체 정원을 거의 한 바퀴 돌고 고향집정원에서 걸어 나오는 길이다. 이미 어둠은 온누리에 찾아들고 하늘에는 달이 떠서 달

빛이 비치는 정원길을 따라 걷고 있는데 어둠속에 하얀 꽃들이 눈부셔서 걸음을 멈췄다.

옥잠화였다. 생긴 모습이 소박하고 흰색의 꽃이라 낮에는 별로 눈에 띄지 않았는데 달빛 속 옥잠화는 정말 화사했다. 비녀처럼 길게 생긴 꽃봉오리가 마치 터질 듯 부풀어오른 모습은 산골 새색시처럼 청초한 아름다움을 자아낸다. 무리 지어 핀 옥잠화 앞에서 한참을 멈춰 서서 바라보니 향기가 나는 것 같다.

허리를 숙여 꽃을 받쳐 들고 냄새를 맡아보니 정말 너무나 그윽한 향기가 난다. 백합처럼 요란하고 강한 향기가 아니라 아주 깨끗하고 소박한 향기가 그 생김새와 걸맞다.

은은한 달빛이 비치는 어둠 속에서 하얗게 빛나는 옥잠화의 향기를 맡으니 마치 애인과 처음으로 입맞춤하는 것보다 더 달콤한 기분이다. 이런 낭만적인 기분을 선사해주는 꽃이니 선녀가 피리 부는 사나이에게 주고 간 비녀를 떨어뜨린 자리에 이 꽃이 피었다는 애절한 전설이 내려오지 않겠는가?

내가 아마 남자로 태어났다면 옥잠화같이 생긴 여인을 분명 사랑했으리라. 크게 눈에 띄는 아름다움은 아니나 달빛 속에 우아했던 것처럼 볼수록 아름다움이 더해지는 그런 여인, 요란하거나 강한 향기가 아니나 그윽하고 소박한 향기를 지닌 여인, 그래서

+ 옥잠화

사귀면 사귈수록, 살면 살아갈수록 그 아름다움과 향기에 점점 이끌리게 되는 그런 여인 말이다.

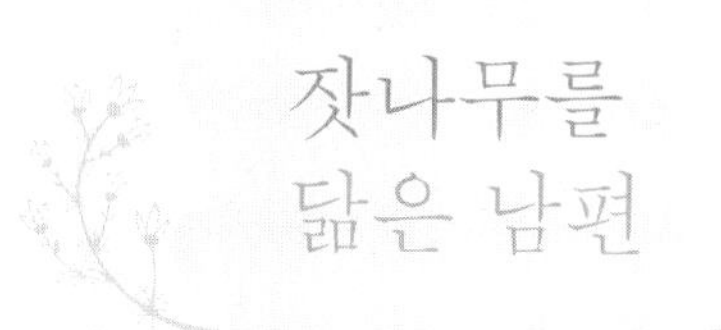

잣나무를 닮은 남편

입추立秋와 말복도 지나고 어제가 처서處暑여서인지 유난히 하늘은 높고 파랗다. 햇살이 얼마나 눈부신지 아무리 화려한 꽃의 빛깔도 오늘의 이 찬란한 햇빛 아래에서는 무척이나 초라해 보일 뿐이다. 하늘은 올려다볼 수도 없을 정도로 눈부신 에메랄드빛이다. 이런 하늘을 바라볼 수 있고, 이런 하늘 아래 숨 쉬고 있다는 게 나에게는 너무나 큰 축복이다. 오늘만큼은 지중해의 바다와 하늘이 부럽지 않을 정도로 밝고 파란빛이 충만한 여름날이다.

꽃들의 안부가 궁금해 정원을 돌아보니 모두들 눈부신 태양 아래서 빛이 바랜 듯 처져 있다. 잔디광장 위에서 분홍빛으로 화사함을 피워냈던 [illegible] 강렬한 햇빛 때문에 빛이 바래고 선홍색 벨벳 같던 맨드라미도 더 이상 선명해 보이지 않는다. 햇빛의 찬란함 앞에 모든 꽃들이 무색해졌다. 그러나 이렇게 찬란하고 투명한 빛 아래에서도 유독 빛을 잃지 않은 존재가 있으니 바로 잣나무다.

나무는 짙은 초록의 바늘잎을 햇빛에 반짝이며 빛을 발한다. 모든 꽃들이 빛을 잃고 있을 때 잣나무는 더 선명한 초록빛을 뿜어낸다. 그동안 배경으로만 보아왔던 잣나무가 새삼 주인공이 되어 늠름하게 다가온다.

아침고요에는 항상 아름드리 잣나무가 숲을 이룬다고 생각하기 때문인지 그동안 나는 눈길 한 번 주지 않았다. 학명으로 'Pinus koraiensis'라고 불리는 잣나무는 한국을 대표할 만한 침엽수이기도 하다. 하늘로 우뚝 솟아 긴 가지를 펼쳐 늘어뜨리고 살랑대는 바람에 가지를 흔들거리는 잣나무는 오늘따라 정말 멋져 보인다. 진초록이 오늘처럼 화려하게 눈부신 적도 없다.

나는 뜨거운 햇빛을 피해 잣나무 그늘로 들어가 깊게 숨을 들이쉬고 잣 향기를 마신다. 피톤치드가 몸 안 구석구석으로 들어온다.

아! 그래. 늘 곁에 있지만 그 존재의 위대함과 소중함을 깨닫지 못하는 경우가 얼마나 많은가? 잣나무 아래에서 남편이 갑자기 생각났다.

그래! 남편과 잣나무는 너무 많이 닮은 것 같다. 사철 푸르른 한결같음이, 하늘로 뻗은 기상이 그 사람의 투지와 닮지 않았는가? 그 아름드리 기둥에 기대고, 그 청청한 그늘에서 쉰 지 어언 40년이 되었다.

잣나무같이 건장했던 남편의 팔뚝과 어깨는 이제 많이 쇠하였고, 잣나무 잎같이 시퍼렇던 기개는 세파와 연륜으로 많이 꺾였다. 그러나 눈이 오나 바람이 부나 그 모진 세월 속에서도 여전히 간직하고 있는 남편의 한결같은 의리는 여전하다. 오늘따라 잣나무를 닮은 남편이 새삼 멋지게 보인다.

이 눈부신 햇빛에 모든 꽃이 빛을 잃은 덕에 푸른 잣나무를 제대로 볼 수 있었고, 남편이 나에게 얼마나 고맙고 멋진 존재인지를 다시 한 번 깨달았다.

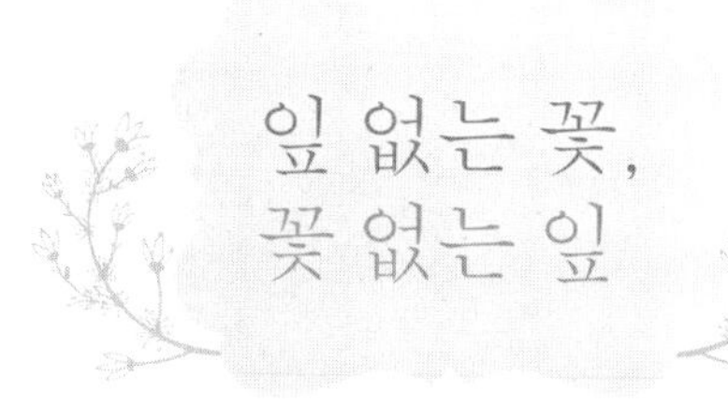

잎 없는 꽃, 꽃 없는 잎

점심을 먹으러 직원식당에 들어서니 식사를 하던 직원들이 다 일어서며 갑자기 불이 꺼졌다. 한가운데 식탁에 생일 케이크가 놓였고 촛불을 예쁘게 밝혔다. 오늘이 내 생일인 것을 직원들이 알아차리고 깜짝 파티를 준비한 것이다. 직원들이 손뼉을 치며 생일 축가를 불러주고, 이어 준비한 선물을 받으며 나는 아이처럼 상기된 얼굴로 마냥 행복함을 감추지 못했다.

굵은 빗줄기가 주룩주룩 쏟아지는 날씨지만 행복한 마음으로 우산을 받쳐 들고 정원으로 나섰다. 이틀 전 태풍 '볼라벤'이 이곳 중부지방에는 큰 피해를 주지 않고 지나갔다. 다행스럽게도 건재한 '천년향' 나무가 빗속에 우뚝 서 있다.

+ 지지대를 세운 천년향

태풍이 오기 전날 직원들이 밤중까지 고생하면서 지지대를 세워 가지를 묶어둔 흉물스런 모습이긴 하지만, 가지 하나 다치지 않고 태풍 피해를 모면한 것이 너무나 감사하다. 천연기념물인 '정이품 소나무'의 주요 가지가 찢겨나가고, 많은 노거수老巨樹가 뽑혀나갔다는 보도를 접하면서 안타까운 심정이었다.

오늘은 연이어 온 태풍 '넨빈'의 영향으로 종일 세차게 비가 내린다. 며칠째 억수같이 쏟아지는 비를 맞고 있는 꽃들이 안쓰러워 우산이라도 받쳐주고 싶은 심정이다.

며칠 전 야생화산책길에는 제주상사화가 피었는데 이 비에 어찌 되었는지 궁금하여 흙물이 쏟아지는 산책길을 올라갔다. 세차게 쏟아지는 비를 온몸으로 맞으면서도 꼿꼿하게 서서 연노랑 꽃잎을 떨고 있는 제주상사화가 드문드문 보인다. 잎도 이미 다 져버린 가운데 저리 가녀린 꽃자루를 빗속에서도 가누고 꽃을 이고 있는 상사화가 정말 대견하고 장하다.

자세히 들여다보니 꽃잎들이 빗물에 짓물러져 상해가고 있다. 그래도 연노랑 꽃잎은 여전히 맑은 미소를 머금고 있다.

그 위쪽 언덕으로는 같은 상사화 속인 백양꽃을 심어놓았는데 이제 하나둘 주황색 꽃을 피우기 시작한다. 백양사 절에서 처음으로 발견하여 백양꽃으로 부르는 상사화다.

'이룰 수 없는 사랑'이라는 꽃말을 지닌 상사화는 잎과 꽃이 영원히 만나지 못하는 운명을 안고 살아간다. 이른 봄에 잎이 올라왔다가 6월이 되면 잎은 시들어 죽고, 100일쯤 지나 8월 중순이 지나서야 꽃이 피어 '잎 없는 꽃'과 '꽃 없는 잎'이 되어 살아간다. 잎과 꽃이 서로 그리워하지만 만나지 못해 '상사화'라는 이름으로 불리고, 그에 걸맞은 애절한 전설을 간직하고 있기도 하다.

아버지를 여의고 100일간의 탑돌이를 하러 왔던, 효심이 지극하고 아리따운 아가씨를 남몰래 연모하던 스님의 슬픈 사랑이 깃든 이야기. 100일이 다 되어 아가씨는 절을 떠나게 되고, 출가한 몸이라 속세의 인연에 연연해할 수 없었던 스님은 사랑을 속으로만 삭이다 그만 병이 들어 죽었다. 스님의 무덤가에 이듬해 꽃이 피었는데 바로 그 꽃이 잎과 꽃이 다른 시기에 올라오는 상사화였다.

상사화 무리를 뒤로하고 빗속을 걸어가사니 '이루지 못한 사랑'에 애달파 했던 내가 아는 사연들과 사람들이 자꾸 뒤쫓아 와 갑자기 감상에 빠졌다. 가슴이 아릿했던 기억, 뜬눈으로 밤을 지새다 새벽을 맞던 날들, 가슴 한구석이 텅 비어 먹먹하다던 친구의 토설 등이 떠오른다. 세월이 지나 이제 뒤돌아보니 '이루지 못한 사랑'은 아름다워도 '이루어질 수 없는 사랑'은 행복하지 못했을 거라는 생각이 든다.

빗속에 피어난 상사화 덕분에 가슴 저편에 숨어 있던 젊은 날의 추억을 다시 음미했다. 애잔하지만, 행복한 감정이 스며온다.

'지금의 나'가 행복하기 때문일까?

+ 제주상사화

내가 선택하고 만들어온 내 인생의 길이 그리 순탄하지만은 않았지만, 때로는 태풍이 몰아치고 폭우가 오는 날도 있었지만, 지금의 나는 참으로 감사하고 행복하다. 물론 좋은 사람을 만나고, 어려운 고비마다 피할 길과 도움의 손길을 뻗치신 신의 은총으로 지금의 내가 있을 수 있었다.

가고자 했던 길이 때로는 막히고, 애써 노력해 이루어놓은 것들이 태풍에 휩쓸려 날아가 버리듯 쓸모없이 된 적이 있어도 되돌아보면 '지금 내가 서 있는 행복'한 이 자리는 신의 선한 섭리가 이끈 결과라고 여겨진다.

어제저녁에는 가족들이 한자리에 모여 회갑을 맞은 나를 위해 만찬을 같이했다. 친정 부모님, 동생들 부부, 아들 딸 부부, 손주 · 손녀 그리고 남편과 함께 생일 축하연을 마치고 나오면서 가슴이 벅차도록 감사한 마음이 들었다.

연로하시지만 아직 건강하신 부모님을 모시고 내 회갑을 맞게 된 것은 큰 축복이 아닐 수 없다. 자라나는 손주들을 보는 것도 큰 기쁨이고 함께 나이 들어가는 남편이 내 곁에 있다는 것도 신의 은총이다. 언젠가는 다 헤어져 이별하는 날이 올지라도 빗속에서도 미소를 머금던 제주상사화처럼 나는 그렇게 '지금 행복해'하며 살아가련다.

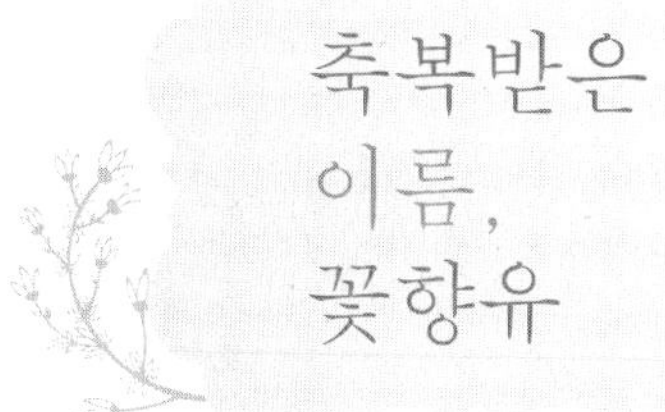

축복받은 이름, 꽃향유

어느덧 가을이 무르익어 가는 10월의 중반이 되었다. 한국정원 언덕 위로 하얀 구절초가 구름처럼 핀 모습을 보니 가을이 정녕 왔나 보다. 청청하던 잣나무도 묵은 잎을 떨구려는지 이제 누렇게 변해 잣나무 숲이 많은 앞산에 갈색빛이 돈다.

가을이 쓸쓸한 건 자연의 색깔이 갈색으로 변해가기 때문일 것이다. 정원에 가득했던 화려한 여름 꽃들은 이미 다 지고 초록을 자랑하던 잎마저도 갈색빛으로 변해버렸다.

특히 여러해살이풀들이 심겨 있는 '약속의정원'은 말라 시들은 식물체들의 줄기와 잎이 누레져 더 쓸쓸해 보인다. 그런데 가을에는 이런 쓸쓸한 배경을 뒤로하고 유독 보라색 꽃들이 많이 핀다

10월에 피는 키 큰 개미취나 쑥부쟁이들이 보라색이고 용담이나 투구꽃도 보라색이다.

오늘 아침 산책길에 만났던 꽃향유도 진한 보랏빛이다. 개울가 비탈진 돌밭에 무리 지어 핀 꽃향유가 진한 가을의 향내를 내게 전한다.

작년 가을엔 이 꽃향유를 많이 볼 수 없어서 안타까웠는데 올해는 실하고 풍성하게 피었다.

이 꽃을 사랑하는 이유는 꽃 색깔이 내가 좋아하는 보랏빛이고 이름 또한 예쁜 꽃향유이기 때문이다. 아름답고 향기롭다는 이름에 길맞게 자세히 들여다보면 풍부한 보랏빛의 작은 꽃들이 무수히 모여 아름다운 꽃차례를 만들어 긴 이삭 같은 모양을 한 특별한 꽃이다.

향기가 꽃과 잎 전체에서 풍겨 무리 지어 핀 보랏빛 군락은 꽃이 귀한 가을에 꿀을 찾는 벌들을 불러 모은다. 이 꽃이 또한 사랑스러운 것은 한 이삭에 달린 무수한 꽃마다 수술 두 개를 꽃 밖으로 길게 내밀어 꽃 술이 보다 풍성하게 보이기 때문이다. 그리고 꽃이 한쪽 면으로만 핀 모습도 여느 꽃들과 다르다.

누가 이름을 지어주었는지 모르지만 꽃 색과 생긴 모양, 향기에 걸맞는, 꽃 이름 중에서도 가장 빼어나게 아름다운 이름이 아

+ 꽃향유

닌가 싶다. 그러고 보면 이 꽃향유는 참 복받은 꽃이로구나 하는 생각이 든다. 존재의 가치를 유감없이 드러내는 이름을 모든 이들이 불러주고 있으니 말이다.

누군가가 나의 잘난 진면목을 알아주고 인정해줄 때 나는 참 뿌듯함을 느낀다. 나뿐 아니라 대부분의 사람도 자신을 알아봐 주는 상대에게 호감을 느끼고 고마워하니 이는 인지상정이다. 그래서 남자는 자신을 알아주는 영웅을 위해 목숨을 바쳐 충성하고 여자는 자신을 알아주는 남자에게 자신을 던져 사랑한다는 옛말이 있는가 보다.

내 옆에 있는 사람을 진정으로 알아주고 인정해주는 것만큼 그 사람을 살맛 나게 하는 일도 없을 것이다. 장점은 인정하고 약점은 있는 그대로 수용할 때 그 관계는 더없이 친밀해지고 신뢰감이 생긴다. 그러한 관계 속에 성장이 있고 치유가 있으며 상대가 가진 가능성을 최고로 발휘하게 하는 힘이 있다. 내 옆에 가장 가까이 있는 남편 그리고 아이들에게 나는 '꽃향유'를 부르듯 그들을 불러주었는지 반성해본다.

꽃향유 가지에 실하게 붙은 잎사귀를 하나 따서 향기를 맡으니 깻잎 냄새 비슷한 향이 난다. 꽃향유 잎을 문지르며 걷는 길에

상큼한 향이 번진다. 삭막했던 갈색 빛의 쓸쓸함은 금세 꽃향유 덕분에 포근함으로 변했다. 그래서 이제 더 이상 가을은 쓸쓸하지 않다.

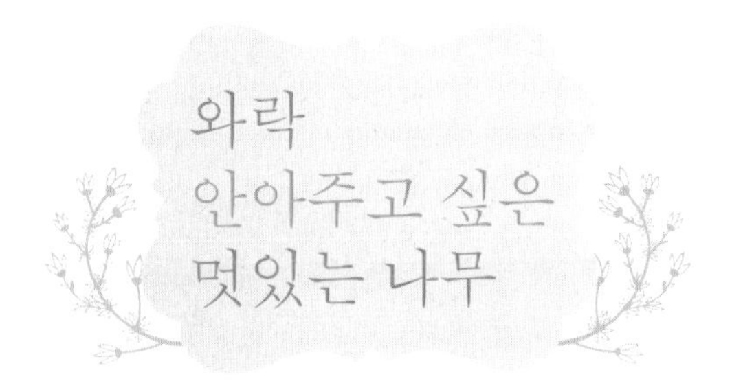

와락 안아주고 싶은 멋있는 나무

어젯밤에는 찬바람이 몹시 심하게 불었다. 장문 밖으로 바람에 쓸려 다니는 낙엽소리가 밤늦도록 들렸다. 아침에 정원을 돌아보니 시들어 떨어진 단풍잎들이 바람에 시달리며 날아다니다 구석진 비탈에 가득 쌓였다. 가을이 막바지에 다다랐나 보다.

며칠 전부터 잔디광장 위쪽 언덕에 서 있는 낙엽송들이 노랗게 물들기 시작하더니 어제 보니 완연한 금빛으로 변해 있었다. 밤새 세찬 바람에 잎이 다 떨어져버렸으면 어쩌나 걱정되어 발길은 벌써 잔디광장으로 향한다.

"아! 다행이다"

금빛으로 물든 낙엽송들이 아직 건재했다.

우람한 둥치와 쭉쭉 뻗은 큰 키를 자랑하는 낙엽송은 마치 운동으로 다져진 단단한 근육질의 멋진 남자배우 같다. 수목원 내 잔디광장 위쪽과 하늘정원에 우뚝우뚝 서 있는 모습은 언제 봐도 매력적이다. 멋진 나무를 보면 가슴이 설레는 건 나만 그런 게 아닌가 보다. 얼마 전 나무를 좋아하는 내 친구가 수목원에 놀러와 이런 말을 했다.

"멋있게 생긴 나무를 보면 가서 와락 안아주고 싶어."

나무에 대한 서로의 공감을 나눈 우리는 비밀을 나누어 가진 것처럼 더 친밀해졌다. 특히 새봄에 낙엽송에 새순이 돋아나면 가지 주변은 아련한 연둣빛을 띠어 내 가슴을 더욱 설레게 한다.

여름 내내 녹색으로 그늘을 던지며 가지를 드리우다가 가을이 되면 서서히 다시 연둣빛으로 변하고, 해마다 11월 초순이 되면 그 연둣빛이 금빛으로 물들기 시작한다. 잣나무 숲의 녹색과 어우러진 낙엽송의 금빛은 얼마나 깊고 우아한 색감인지 모른다. 나는 해마다 이맘때면 낙엽송 숲길 주변을 서성이고 거닐면서 그 색감과 질감을 즐긴다.

낙엽송의 본명은 일본잎갈나무다. 소나무과의 낙엽침엽교목인 일본잎갈나무는 일본 원산이지만 우리나라 곳곳에 심어 쉽게 볼 수 있는 나무다. 소나무와 같이 바늘잎을 지녔으나 낙엽이 지기

때문에 낙엽송이라는 별명이 붙었다. 낙엽송의 바늘잎은 다른 침엽수들의 잎과는 달리 아주 가늘고 짧다. 실제의 바늘과 같이 가늘고, 길이도 3, 4센티미터에 불과하다.

오늘 아침 낙엽송 숲길 아래엔 그 가늘고 가벼운 금빛 낙엽들이 카펫처럼 깔렸다. 발에 밟히는 촉감도 얼마나 부드러운지 모른다. 바람은 차갑지만, 투명한 늦가을 햇살에 반짝이는 금빛 숲길을 걸으니 온몸이 충만하게 차오른다. 노란 잎을 밟고 옮기는 발걸음에서도 발소리 하나 들리지 않는다. 낙엽송 숲길은 고요하기만 하다. 한 줄기 실바람이 스치니 금빛 가느다란 잎들이 눈발처럼 흩날린다.

아! 모든 상념이 사라진다. 오직 지는 잎들이 아쉬울 뿐이다.

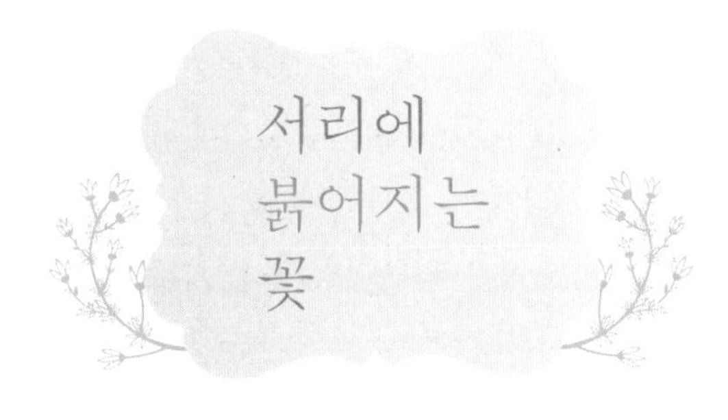

서리에 붉어지는 꽃

날씨는 차지만 아직은 햇볕이 따뜻한 12월의 오후다. 햇살이 퍼지길 기다려 정원으로 나선다. 봄부터 가을까지 늘 화사하던 '하경정원' 화단도 이제 말라붙은 갈색 국화들만 남았고 쓸쓸하기 그지없다. 그래도 정원 언덕 군데군데에 심겨 있는 구상나무와 은청가문비가 정원에 푸르름을 던져주고 황금색의 측백과 화백이 더 선명하게 노란색을 띠어 겨울정원을 살갑게 한다.

약속의정원으로 통하는 언덕을 올라가니 기대했던 대로 빨간 낙상홍이 눈부시게 다가왔다. 서리가 내릴 때쯤 붉어진다고 해서 낙상홍이란 이름이 붙었다. 우리 정원에 있는 낙상홍은 중국낙상홍과 미국낙상홍이 있는데 미국낙상홍은 중국낙상홍보다 열매가 좀 크다. 작은 진주 구슬만 한 선홍색의 열매들이 가지 끝에 삼사십 개씩은 매달려 수십 그루의 나무에서 집단으로 빨간 꽃을 피워대고 있었다. 아니 꽃보다도 더 아름다운 열매를 주렁주렁 달고 있었다. 아니나 다를까 올해도 어김없이 주변 잣나무 숲에서는 새들의 잔치가 열렸다. 새소리가 여간 왁자지껄한 게 아니다.

자세히 보니 수백, 아니 수천은 될 법한 새들이 모여 낙상홍 파티를 열고 있다. 단 한 종류의 새들만 모여드는데 그놈들 이름이 직박구리란다. 참새보다 크고 비둘기보다는 작은 새인데 얼마나 시끄럽게 수다를 떠는지 모른다. 낙상홍 열매를 잽싸게 따 가지고는 바로 뒤 잣나무 위에 앉아 수다를 떨면서 먹는다.

'얼마나 맛있길래 재들이 저리 좋아하면서 파티를 열까?'

슬그머니 궁금한 생각이 스며올라 낙상홍 열매를 몇 알 따서 입속에 넣어보았다. 시큼털털한 맛에 곧 뱉어버렸는데 뒷맛이 달콤했다.

'아! 이 맛에 새들이 저리 좋아하는가 보다.'

몇 년 전부터 저 새들이 낙상홍을 다 따 먹어버려서 낙상홍 주변에 새들을 위한 곡식을 놔두고 별짓 다 해보았으나 소용이 없었다. 맛있다고 소문이 났는지 해가 갈수록 더 많은 새를 끌고 와 겨울이면 낙상홍 주변은 온통 직박구리의 수다로 시끌벅적하다

어차피 추위에 몇 번 얼었다가 녹으면 통통했던 낙상홍 구슬이 쭈글쭈글해져 관상 가치도 떨어지니 새들에게 인심이나 쓰자 하고 포기해버린 지 오래다.

올해는 직계가족은 물론 먼 친척, 아니 사돈의 팔촌까지 초청했는지 그 수효가 유난히 많아 보인다. 초청한 손님들에게 허세 좀 부리면서 주인 행세 하라고, 눈치를 보며 조심스레 그 밑을 지나는데 아니 이놈들이 이젠 아예 낙상홍 나무에 버젓이 앉아 열매를 죄다 먹어버리는 게 아닌가? 이러다간 크리스마스까지 열매가 남아날지 모르겠다.

원장의 속 타는 마음을 저놈들은 아는지 모르는지 아랑곳하지 않고 잔치는 더 흥청거린다.

"염치없는 놈들 같으니라고."

속으로 욕을 해대며 약속의정원을 걸어 나오자니 문득 이런 생각이 들었다. '그래! 저 열매의 주인은 내가 아니지. 맞아! 저 열매는 바로 새들의 것이야.'

'들의 백합화를 입히고 새들을 먹이시는 하나님'의 섭리로 살아가는 저 새들의 먹이를 내가 내 울타리 안에 심었으니 내 것인 양 착각하고 있었던 것이다.

내 것으로 생각한 다양한 종류의 소유들, 물건과 재산, 심지어

+ 낙상홍

는 사람까지도 엄밀하게 보자면 원래 내 것이 아닌 게 맞다. 세상을 만드시고 서로 사이좋게 공존하라고 모든 것을 존재하게 하신 조물주의 것이다. 각각의 존재에게 필요한 것을 공급하시는 조물주의 섭리대로 그 뜻을 헤아려 산다면 세상엔 소유를 위해 싸울 일도 전쟁을 할 일도 없다.

같이 공유하며 살아야 하는 것까지도 금을 긋고 제 것인 양 유세를 떨며 사는 우리네 삶이 저 위에서 내려다보면 얼마나 안타깝고 한심할까?

어쩌다 어려운 이웃을 돕는다고 내어놓는 얼마 안 되는 재물에도 속으론 큰 인심 쓴 것처럼 대견해하곤 했는데 그도 별것이 아니구나. 당연한 일일 뿐만 아니라 아직도 난 내 것이 아닌 것을 너무 많이 가지고 있구나…….

저 멀리 약속의정원에선 나에게 이런 깨달음을 준 직박구리의 떠들썩한 잔치가 계속되고 있었다.

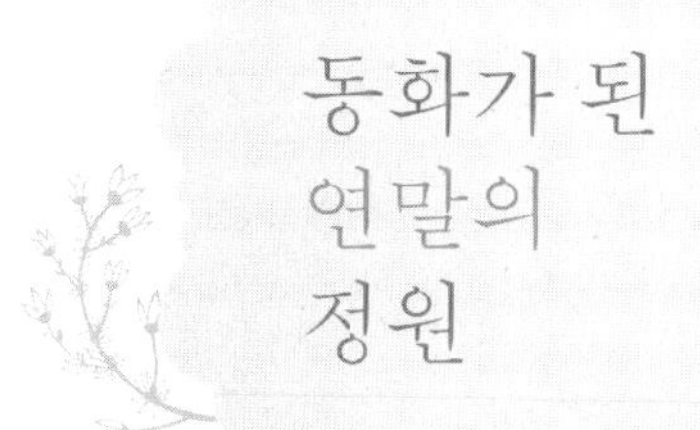

동화가 된 연말의 정원

오늘은 올겨울 들어 가장 추운 날씨다. 서울 기온이 영하 11도니까 가평에 위치한 우리 정원은 영하 15도쯤은 되는 것 같다. 올해는 연말을 맞아 직원들과 함께 보내는 송년회를 수목원 내에서 갖기로 했다.

4년 전부터 겨울이면 '오색별빛정원전'을 개최해왔는데 해마다 크든 작든 점등행사를 해왔다. 그러나 올겨울엔 손님들을 초청해서 여는 점등식 대신 직원 가족들과 함께 점등식 겸 송년회를 정원에서 가지기로 했다. 그런데 잡은 날이 하필 이 추운 날씨라니…….

어린아이들을 데리고 올 직원들을 생각하니 날씨가 여간 신경

쓰이는 게 아니다.

나도 목도리와 털 장화로 완전무장하고 날이 어두워지기 전 겨울정원을 한 바퀴 둘러보려 나섰다. 찬바람에 얼굴이 얼얼하다. 개울에 흐르던 물은 꽁꽁 얼어붙었고 모든 나무와 산책길도 다 얼어붙었다. 정말 겨울이 왔구나 싶다. 아직 미처 싸매 주지 못한 모과나무며, 능소화 덩굴이 갑작스러운 강추위에 얼어 죽을까 봐 겁이 난다.

정원의 월동준비는 11월부터 시작이지만, 해야 할 일이 너무 많아서 항상 일에 쫓긴다. 더군다나 몇 년 전부터 정원수에 오색 LED 전구를 감아 정원에 빛을 입히는 '오색별빛정원전'을 하다 보니 11월 중순 이후에는 직원들의 손길이 너무 바빠졌다. 전 직원이 총동원되어 정원에 있는 키 큰 나무부터 작은 나무에 이르기까지 전구가 연결된 선을 감는 작업은 보통 일이 아니다.

키가 큰 나무들은 높은 사다리에 매달려 긴 장대를 갖고 전구가 매달린 선을 감아 올리는데 작업이 위험하고, 감아야 할 나무도 많아서 고생이 이만저만이 아니다. 선을 나무에 거는 자세도 불편해 고개와 어깨가 아픈 건 예사고, 고난도의 노동이 따른다. 직원들이 자처해 이런 일을 하겠다고 나서서 오색별빛정원전을 시작했지만, 추위에 언 손을 불어가며 사다리에 올라타 몇 주일씩

작업하는 직원들을 보면 정말 자랑스러우면서도 미안하고 안쓰럽다. 올해도 몇 주에 걸쳐 그 작업을 완료하고 오늘, 자신의 가족들에게 아빠가 만든, 남편이 만든 작품을 보여주는 날이다.

저녁이 되니 직원 가족들이 속속들이 모여들었다. 사람들은 싸매고 입혀 눈 위에 굴려도 될 만큼 완전무장을 해서 아이들을 데리고 왔다. 즐거운 저녁과 재미있는 순서를 끝마치고 조명을 밝힌 정원으로 모두 나섰다. 낮에 얼어붙고 삭막했던 정원은 빛을 입고 딴 세상으로 변했다.

하경정원 입구에 늘어선 거대한 주목부터 정원 둑 위에 선 키 큰 구상나무들까지 모든 나무가 오색 빛으로 물드니 하경정원은 정말 꿈속 나라 같았다. 칠흑 같은 어둠속에서 파랑, 하양, 노랑, 초록, 보라색을 입은 나무들의 하모니가 정말 환상적이라고밖에 말할 수 없다.

아이들이 "와!" 하는 탄성을 지르며 신이 나서 어쩔 줄 모른다. 춥지만 않으면 마냥 보고 또 보고 싶지만, 입에 덮어쓴 마스크엔 입김이 얼어붙어 고드름이 달릴 지경이라 서둘러 다음 코스로 발길을 돌렸다.

멀리 하늘정원 언덕 위엔 황금 말이 끄는 황금 마차가 보이고 하얀 나무 기둥들 사이로 천사들이 보인다. 상상의 세계에서나 볼 수 있는 광경이 눈앞에서 펼쳐진다.

거대한 수선화와 클레마티스가 정렬해 있는 하늘길을 올라가니 황금빛의 천사가 나란히 우리를 환영한다. 사슴이 언덕 위에 노닐고 기린과 코끼리가 빛나는 옷을 입고 서 있다. 하늘엔 푸른 별들이 떠 있고 비둘기가 날아다닌다. 하얀색 미니 교회가 그 중앙에 자리하고 있고 하얀색으로 감은 낙엽송 나무 기둥들이 마치 하늘나라의 성채처럼 빛나고 있다.

이곳에 오니 모든 가족이 흠칫 놀라는 모습이다. 우리 아빠가, 내 남편이 이런 아름다운 광경을 만들고 연출할 수 있다는 게 믿기지 않는 모습이다. 우리는 정말 동화 속 나라에 온 것처럼 모두가 동심으로 돌아가 즐거워했다. 직원들의 얼굴엔 뿌듯함이 역력했다. 비록 추웠지만 모두가 행복했던 송년회 밤이었다.

2부

위로를 전하는 정원

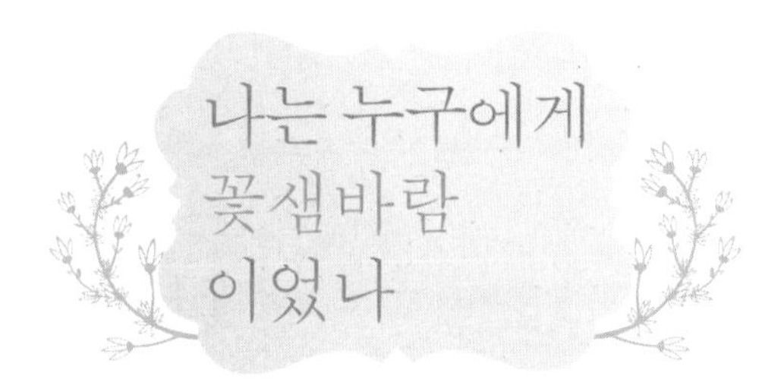

봄비가 온다. 오후부터 비가 내리더니 저녁 무렵부터는 주룩주룩 내린다. 정말 반가운 비다. 겨우내 눈도 거의 내리지 않아 계곡물이 줄어들까 걱정이었고, 식물들이 건조피해를 입을까 봐 잔뜩 기다리던 비였다.

우산을 쓰고 정원으로 나섰더니 오전에 보았던 반쯤 개화한 히어리가 비를 흠뻑 맞고 움츠리고 있다. 며칠 전부터 꽃눈 사이로 살며시 살집을 내보이며 조심스레 꽃을 피우려던 히어리가 오늘 드디어 꽃망울을 터뜨렸는데 갑작스러운 많은 비에 당황하고 있는 듯 보인다.

이 비가 그치고 나면 다시 기온이 내려가 꽃샘추위가 또 한 번

온다는데 이른 봄에 피는 꽃들은 변덕스런 날씨 때문에 수난을 많이 겪는다. 며칠 전 벌써 꽃망울을 터뜨린 생강나무꽃이 그렇고, 이제 막 피기 시작하는 노란 산수유도 마찬가지다.

해마다 봄이 오는 길목에서 마주치는 꽃샘추위건만 올해는 유난히 심술을 부려 꽃들을 애태우게 한다. 예전에는 봄이 되면 으레 꽃이 피겠거니 무심히 생각했는데 나이들수록, 자연과 가까이 살수록 꽃이 피는 게 얼마나 대단하고 기적 같은 일인지 점점 깨달아간다. 사실 꽃은 봄이 올 때 날이 따뜻해지면 저절로 갑자기 피는 것이 아니다.

지난해 여름부터 가을까지 꽃눈을 만들고 부지런히 영양분을 꽃눈에 저장하여 겨우내 가지 끝에 꽁꽁 싸매고 있다가 봄이 되기를 기다려 꽃을 피우는 것이다. 날이 좀 풀리면 뿌리에서 물을 부지런히 빨아올려 꽃눈을 통통하게 살찌우며 긴 시간을 준비하며 기다려 온 꽃이다. 세상에 피는 그 셀 수 없는 수억만 송이의 꽃들이 이렇게 공들이고 애써서 세상에 꽃망울을 터뜨리는데 우리는 꽃의 개화를 너무나 당연한 듯 무심히 보아 넘긴다.

하긴 세상에 저절로 되는 것이 어디 있으랴. 남의 눈엔 저절로 된 것처럼 보이는 숱한 인생의 꽃 피움에도 남모를 수고와 눈물과 아픔이 숨어 있을 것이다. 무심히 지나쳐버린 수많은 꽃송이

+ 히어리

처럼 내가 소홀히 여기고, 알아주지 못한, 나를 스쳐 간 삶과 존재들이 그동안 얼마나 많았을까? 단지 지나쳐버렸을 정도가 아니라 그 인생의 꽃 피움을 방해하는 꽃샘바람이 되지는 않았을지 조심스럽다. 뒤돌아보면 내 인생에서도 애써 꽃을 피우려던 내게 눈물과 좌절을 안겨준 꽃샘바람과도 같은 이들이 있었다. 지금은 그들을 이해하고 용서했지만, 오랜 시간 그때 흘렸던 눈물의 쓴맛이 기억나곤 했다.

변덕스런 꽃샘바람은 내 맘에도 분다. 며칠 전 별일도 아닌 것으로 감정을 다친 일이 있었는데 이틀 동안 잠을 이루지 못하고 분노와 미움의 감정이 뒤엉켜 혼란스런 시간을 보냈다. "이러면 안 되지. 내 건강에 손해를 보면 안 되는데 제발 벗어나자"라고 별 시도를 다 해서 겨우 벗어났다. 요즈음 여러 가지로 스트레스를 받다 보니 사소한 것에서 분노가 의식의 표면으로 표출되었던 것 같다. 괜스레 마음속에서 분노의 대상이 되었던 사람이 좀 억울했겠다 싶어 미안한 마음도 든다.

여전히 내리는 비에 나무들이 묵은 때를 씻고 정갈해진 모습으로 서 있는 것이 참 보기 좋다. 나도 마음의 때를 이 비에 씻고 좀 더 순수한 눈으로 히어리의 개화를 지켜보고 싶다. 저절로 오는 봄이 아니라 기적같이 오는 봄의 소리를 귀 기울여 듣고, 그동안 애쓰고 공들여 피는 꽃의 개화를 진심으로 축복하고 싶다. 지금은 손톱 반만 한 살집을 겨우 내밀은 히어리지만 이제 며칠만 따뜻하면 꽃잎이 다 삐져나와 노란 꽃 사슬을 주렁주렁 달고 있을 것이다.

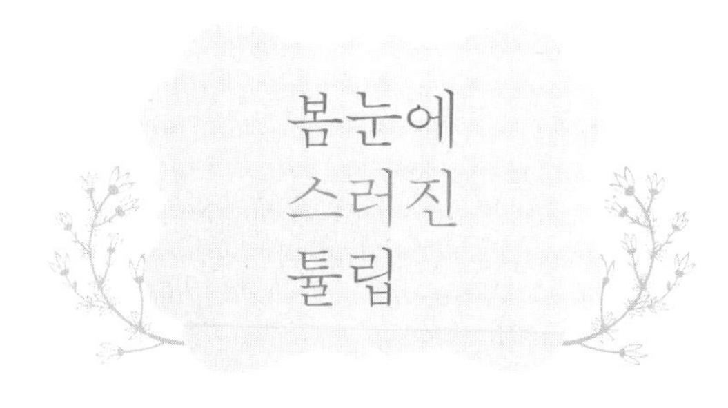

봄눈에 스러진 튤립

아침광장에서 하늘정원으로 이어지는 곡선의 언덕길을 '하늘길'이라 이름 붙이고 양옆으로 화단을 조성해 꽃길을 만든 지가 벌써 3년이 되었다. 하늘길은 봄·여름·가을 내내 관람객들이 꽃길을 거닐 수 있도록 배려하여 각종 여러해살이풀꽃과 일년초화들을 수를 놓듯 심어놓은 곳이다.

2년 전부터는 봄에 튤립을 보기 위해 늦가을에 튤립뿌리를 3만 개나 넘게 심고 짚으로 덮어 겨울을 나게 했다. 지난해 봄부터는 처음으로 하늘길에 핀 튤립 무리가 어찌나 화려한지 관람객들의 발길을 붙잡아 가장 인기 있는 정원으로 부상했다.

그래서 작년 가을에는 튤립을 봄철에 두 번 보자고 계획을 세

워 가을에는 뿌리를 심고 이른 봄에는 농가에서 계약 재배된 튤립을 그 사이사이에 심기로 했다. 올해 3월 마지막 주에 갖다 심기로 계약을 해놨었는데 재배한 농가에서 시기를 잘못 맞추는 바람에 중순에 이미 꽃이 피어 어쩔 수 없이 2주나 앞당겨 튤립을 심었다. 날씨가 받쳐주기를 기대하며 그 많은 튤립을 심었건만 심은 지 며칠 만에 기온이 곤두박질했다.

튤립은 추위에 강해서 영하 3~4도까지 견디는데, 새벽에 얼었다가도 해가 나서 기온이 오르면 다시 생생해진다. 그런데 새벽 온도가 영하 5~6도 떨어진다고 하는 예보에 모든 직원이 나와 터널을 만들고 비닐을 덮어 추위를 조금이라도 막아보자고 안간힘을 썼다. 아침에 와서 조심스레 비닐을 젖히면 동사를 면한 튤립이 대견하고 기특했다. 그렇게 하기를 며칠, 나는 형형색색의 튤립이 하늘길을 아름답게 수놓을 것에 대한 기대로 부풀었다.

어젯밤 내륙 산간 지방에는 눈이 올 것이라는 예보가 있었지만, '그래도 여기는 비가 오겠지' 하며 안심하고 잤는데 아침에 문을 여니 세상이 새하얀 눈으로 덮인 게 아닌가? 눈 덮인 그림 같은 정원의 아름다움을 느낄 여유도 없이 하늘길로 가보니 만개한 튤립 꽃봉오리들이 죄다 눈을 맞고 무거워 고개가 꺾여버렸다. 너무도 비참했다. 아직 열흘은 더 피었을 꽃송이들이 무참히 꺾여 있었다.

튤립에 쏟아 부은 돈과 정성도 아깝지만 제대로 피지도 못하고 고꾸라진 튤립이 너무 아깝고 안타깝다. 직원들이 꺾인 튤립을 하나하나 캐내는 걸 보니 속이 상해 하늘길을 뒤로하고 내려와 버렸다.

비단 튤립뿐일까? 세상에 내 의지, 내 바람과는 상관없이 더 큰 힘에 의해 꺾어지고 부서지는 희망들이 얼마나 많겠는가? 그 억울함을 생각하니 가슴이 아리다. 이래서 사람들이 남에게 밟히지 않고 억울함을 당하지 않기 위해서 더 큰 힘을 가지려고 그렇게 아등바등 사는 걸까? 더 많이 배우고 더 많이 갖고, 그래서 더 많은 영향력을 행사하려고.

그래, 내가 누군가에게 거대한 영향력을 행사할 수 있다는 것은 충분히 매력적이다. 그 힘이 연약하고 순진한 꽃을 꺾는 대신에 희망을 꽃피우게 하는 힘이라면 얼마나 뿌듯할까? 오늘도 연약한 이들을 돌보고 일으켜 세우는 내가 아는 많은 사람들을 생각하니 마음에 위안이 된다.

눈물겹게 피어난 봄꽃

어제까지만 해도 봄이라고 하기엔 무색하리만치 매서운 바람이 불더니만 오늘은 드디어 봄날답게 훈풍이 분다. 꽃눈 속에서 조심스럽게 날씨의 눈치를 살피며 애를 태우던 봄꽃들이 이제 막 개화를 시작한다.

'아침고요'는 서울 지역보다 기온이 더 낮아서 봄이 일주일은 늦게 찾아온다. 서울엔 벌써 벚꽃과 목련이 활짝 피었다는 소식이 들리지만 이곳은 아직 벚꽃이나 목련이 봉오리를 통통하게 키우고 있을 뿐이다. 진달래가 분홍빛 꽃망울을 터트렸으니 이제 며칠 후면 벚꽃과 목련도 개화가 시작될 것이다.

해마다 이맘때쯤이면 우리 야생화 봄꽃들이 줄지어 피어나곤

하는데 올해엔 그간 날씨가 너무 추워 꽃이 어떻게 피었는지 궁금하다.

야생화정원을 들어서니 초입에 심은 깽깽이풀이 어느새 보라색 꽃을 소담하게 피웠다. 한 열흘 전쯤 이곳에 왔을 때는 땅에서 막 올라온 깽깽이 어린풀이 빨간 몸뚱이를 배배 꼬며 추위에 떨고 있었는데 며칠 봄볕을 받았다고 솜털을 벗고 꽃을 피웠다.

봄이 오다가 주춤거리기를 한참, 언 땅 위에 발가벗고 올라오는 이른 봄꽃들의 어린 순이 눈물겹도록 가엾고 장하게 느껴진다.

특히 혹독하리만큼 추웠던 지난겨울을 보내고, 봄이 올 듯하다가 땅이 다시 얼어버리는 올봄에는, 땅 위로 바로 여린 새싹을 내미는 야생화들에게 너무 가혹한 출생의 고통을 안겨준 것 같아 안쓰러움이 더해진다. 한참을 그렇게 털도 나지 않은 어린 새 새끼같이 빨간 몸뚱이로 추위를 잘 견디다가 이렇게 예쁜 보라색 꽃을 피웠으니 정말 대견하다.

10여 년 전 처음으로 이 깽깽이풀을 보았을 때 우리 야생화라고는 믿기지 않을 정도로 화색이 화려했고, 하늘을 향해 고개를 치켜든 모습에 '고것 참 당돌하다'라는 인상을 받았다. 그러니 한창 바쁜 농사철에 눈치도 없이 보라색 꽃을 보란 듯이 피우고 있는 이 꽃을 보고, 남들 일하는데 마치 온갖 치장을 하고 해금이나

가야금을 뜯는 기생이 연상되었을 것이다. 그런 이유로 우리 선조들이 이 예쁜 꽃에게 깽깽이풀이라고 이름 붙인 게 아닐까 추측해본다.

이름의 유래가 어찌되었건 그 자태에 어울리는 좀 더 예쁜 이름이었으면 이 깽깽이풀이 억울하지 않았을 텐데 하는 아쉬움이 남는다. 확실히 이 깽깽이풀은 이른 봄에 피는 우리의 여느 야생화들에 비하면 화색이나 자태가 당돌한 면이 있기는 하다. 첫눈에도 반할 만큼 도도한 화려함이 느껴지는 꽃이다.

키는 작아서 앙증맞지만 선명한 보라색의 꽃잎은 마치 자수정의 색깔처럼 매혹적이라 눈을 뗄 수가 없다. 요렇게 아름다우니 수난을 겪을 수밖에……. 자생지에서 개체수가 자꾸 줄어드는 것도 사람들의 손을 타서 그런 것 같다.

야생화정원 작은 계류 위쪽으로는 처녀치마도 피었다. 얘들도 보라색이긴 하지만 화색이 연보라색이고, 피어 있는 모습도 다소곳하다. 꽃이 실한 것은 열 개 정도가 줄기 끝에서 뭉쳐 피어 풍성한 주름을 잡은 치마처럼 보인다. 분홍빛이 감도는 연보랏빛의 꽃잎이 영락없는 산골처녀를 연상시킨다. 아마 그래서 '처녀치마'라는 이름을 얻은 것 같다. 며칠 전 이곳에 왔을 때만 해도 날씨가

+ 깽깽이풀
+ 처녀치마
+ 현호색

추워서 그런지 땅바닥에 늘어진 잎사귀 위로 겨우 꽃대를 올리고 꽃을 피웠는데 날이 좀 풀려서인지, 아니면 벌써 수정이 되었는지 그동안 꽃대가 자라 손가락만큼은 키가 커진 것 같다. 한참을 쭈그리고 앉아 처녀치마의 수줍은 얼굴을 들여다본다. 꽃잎 밖으로 내민 긴 암술대들이 무게를 더해 고개를 숙이고 있는지 내 머리를 더 낮춰야 얼굴이 제대로 보인다. 처녀치마라는 이름이 너무도 잘 어울리는 저 연보랏빛의 꽃잎이 자꾸 마음을 잡아끌어 발길이 떨어지지 않는다.

야생화정원을 지나 큰 계곡이 있는 벼랑 쪽으로 가면 현호색 군락지가 있는데 사람들의 발길이 뜸해 나도 거기 가본 지는 오래되었다. 이맘때쯤 현호색이 피었을 것 같아 오늘 큰맘 먹고 벼랑길로 들어섰다. 흙이 벼랑 밑으로 떨어지는 사태를 막기 위해 계곡으로 내려가는 경사면에 영산홍을 잔뜩 심어놓았는데 그 영산홍 그늘 속 벼랑이 현호색의 은신처다. 영산홍이 흐드러지게 피어 있거나 잎이 다 자라 나무가 서로 우거져 그늘을 드리울 때는 그 꽃이 거기 살고 있으리라고 아무도 상상할 수 없는 곳이다.

영산홍이 잎을 내기 전 뒤엉킨 가지들 사이로 겨우 햇볕을 쪼일 수 있는 이 틈새를 타서 꽃을 피우는 놈들이다. 아니나 다를까 기대한 대로 바위틈 사이에 떨어진 낙엽을 헤치고 군데군데 무더기로 현호색이 올라왔다. 파란 빛깔을 띠고 나무 그늘 속 저 아래 땅 위에 고개를 내민 꽃의 모습이 너무도 신비스럽다. 꽃의 빛깔도 신비스러울 정도의 파란색이고 꽃 모양이 종달새의 머리 깃과 그대로 닮아 작은 새들이 가녀린 가지 끝에 앉은 형상이다.

꽃잎의 한쪽 끝은 입술처럼 살짝 젖혀 벌어지고 진한 파란색을 띠고 있어 더없이 앙증맞고 기묘하다. 작고 연한 풀꽃이지만 어쩌면 이렇게 정교하고 기묘한 모습을 하고 태어났는지 신기하다. 비탈진 벼랑길에 쭈그리고 앉아 한참을 보고 또 들여다보았다.

우리 땅에 뿌리를 내린 초봄의 야생화들은 한결같이 눈물겨운 개화를 해서 이를 지켜보는 원장의 마음을 짠하게 한다. 나무 그늘이나 벼랑 외진 곳, 숲의 가장 낮은 자리에 삶의 터전을 잡고, 남들은 아직 단잠을 자고 있는 이른 봄 추운 새벽부터 고단한 삶의 여정을 꾸려가야 하는 꽃들의 삶이 눈물겹고 애달프다.

마치 달동네에서 이른 새벽부터 일어나 언 손을 호호 불며 엄혹한 삶을 위해 하루를 시작하는 서민들의 삶과 닮아 보여서 더 그렇다. 그러나 아무리 지난겨울이 혹독하게 춥고 시렸어도 열매를 맺으려는 열망 하나로 고난의 시간을 견디고 언 땅 속에서 그리도 어여쁜 꽃을 피운 이 꽃들은 정말 대단하다.

그래서 이 꽃들이 더 아름다운 것처럼, 살아가는 일이 힘들고 어려워도 살아내야 하는 삶의 무게를 묵묵히 지고, 오늘도 주먹을 다시 한 번 굳게 쥐며 차가운 새벽길을 내려오는 수많은 이들의 힘겨운 발걸음이 장하고 아름답다.

가장 낮은 곳에서 고단한 삶을 살아가는 이들을, 쭈그리고 앉아 고개를 더 낮게 숙이고 야생화를 바라보는 자세로 더 보듬고 토닥거려주어야겠다는 다짐이 저절로 드는 산책길이다.

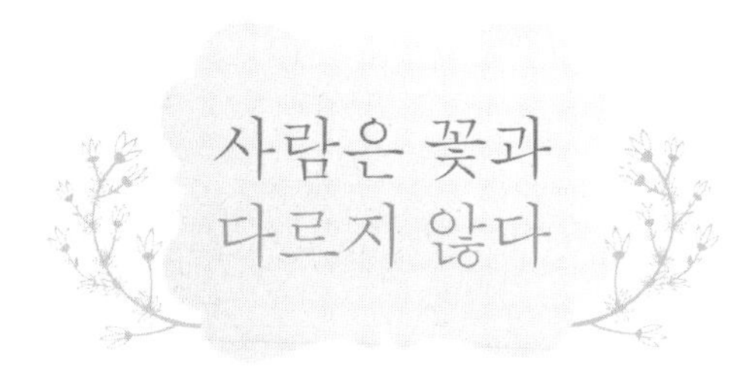

사람은 꽃과 다르지 않다

4월 내내 춥고 덥고를 반복하다가 어린이날을 하루 앞둔 오늘은 정말 5월다운 화창한 날씨다. 그동안 더운 날씨 탓에 올해는 철쭉이 일찍 피겠다 싶었는데 지난 며칠 기온이 내려가는 바람에 꽃봉오리를 내밀던 철쭉이 주춤하다가 이제야 꽃들을 일제히 벌리기 시작했다.

5월이 되니 하루가 다르게 나뭇잎들이 성큼 자라 정원은 금세 풍성한 녹색 세상이 되었다. 정원을 병풍처럼 둘러싸고 있는 앞산과 뒷산의 나무들이 녹색으로 꽉 채워지고 정원 안의 나무들이 제각기 다른 빛을 나타내니 나무만으로도 다양한 빛의 조화가 아름답다

형광빛을 띠는 어린잎이 무성한 황금국수나무, 잎에 크림색 무늬가 있는 삼색버드나무, 짙은 자색의 매자나무, 황금화백과 홍단풍 등이 어우러진 정원은 꽃이 없어도 화려한 색의 향연이다. 그런데 이제 영산홍이라고 불리는 철쭉이 만개하여 선홍색, 분홍색, 진분홍색의 색감을 더하니 정원은 어디를 둘러보나 눈이 어지러울 정도로 찬란하다.

몇 년 전 세계의 유명한 정원을 둘러보기 위해 영국으로 정원여행을 갔을 때 만병초Rhododendron brachycarpum를 보고 그 아름다움에 반한 적이 있다. 일찍부터 세계의 모든 종을 확보해 심어놓은 만병초 숲은 규모나 종류가 어마어마했다. 색깔도 다양하고 꽃송이 크기도 영산홍보다 더 탐스러워 몹시 부러웠다.

한국에서 철쭉은 흔하고 색이 너무 강렬해서 만병초에 비해 좀 천박하다고 생각했었다. 그렇게 마음속으로 하찮게 여겼던 꽃인데 일제히 만개하여 언덕을 뒤덮고 있는 모습을 보니 그 색감에 취할 것 같다. 온통 꽃송이로 뒤덮여 있어 잎의 색은 보이지 않아 더 강렬하고 매혹적이다.

철쭉꽃과 비슷한 만병초는 철쭉보다는 나무가 더 크게 자라고 상록의 잎도 비교적 더 커서 녹색의 바탕 위에 꽃송이가 달린다. 꽃이 더 크지만, 찬찬히 들여다봐야 화려한 아름다움이 눈에 들어온다.

반면 철쭉꽃은 그 강렬한 색상이 먼저 압도해와 꽃을 찬찬히 보기도 전에 정신이 아찔해진다. 잠시 마음속으로나마 하대하던 꽃들이 이렇게 일제히 피어서 나를 보고 있으니, 다시 그 아름다움을 알아달라고 하는 것 같다.

사실 꽃들을 비교한다는 것 자체가 꽃에 대한 인간의 오만이요 무례다. 꽃들은 나름대로 자기의 모습과 색깔과 향을 지니고 자신의 존재를 드러내고 소명을 다한다. 사람들은 '있는 그대로' 바라보기만 하면 된다. 그런데 수목원 원장이라고 하는 나도 '이 꽃은 이래서 더 예쁘고, 저 꽃은 저래서 덜 예쁘다'는 식의 평가를 하니 참 한심한 일이다.

그 고유의 자태, 색과 향을 음미하며 아름다움을 알아주면 그만인데 미의 우열을 가리고 평가를 한다는 것은 인간의 영악함이 아닌가? 순수한 자연에 인간들의 세속적인 삶의 잣대를 들이대고 구분을 짓는 일은 아무리 생각해도 실례가 되는 것 같다. 한때나마 마음의 우둔함으로 철쭉에 실례를 범한 것을 미안해하며, 정원을 돌아 나오는 데 문득 이런 생각이 들었다.

"사람도 알고 보면 꽃과 다를 게 뭐 있나?"

저마다의 모습, 자질과 적성이 다 다른데 우린 그걸로 비교하고 평가해서 등급을 매기는 세상에 살고 있으니 참 고달픈 인생을 살고 있다는 생각이 들었다. 지금은 다 자랐지만, 우리 아이들에게도 '은연 중 비교하고 구분을 지어 상처를 주진 않았을까' 하는 미안한 생각이 들었다. 해마다 직원들에게도 업무평가를 실시해서 그 결과에 따라 차등보상을 하는 일도 마음에 걸린다. 그래, 될 수 있으면 '있는 그대로의 모습'을 바라보도록 하자. 가진 장점이나 적성, 발휘하는 능력에 박수만 보내주면 되는 것 아닌가?

5월의 색에 취해 있다가 정신이 바짝 든 하루였다.

여린 모란 앞에서 울다

어제는 온종일 봄비가 왔다. 비는 나무들을 목욕이나 시키듯 초록 잎들에 물을 곱게 끼얹어 쓰다듬으며 내렸다. 꽃잎엔 더 보드라운 손길로 어루만지듯 그렇게 내렸다.

이른 아침 새소리에 잠이 깨 정원으로 나서니 나무들은 아직 젖은 채로 바람에 가지들을 흔들며 몸을 말리고 있다. 단풍나무 아래로 지나가는데 바람이 불 때마다 빗물이 후두둑 떨어진다. 꽃들은 물기를 머금은 채로 어서 햇빛이 몸을 말려주기를 기다리며 꽃잎들을 야무지게 오므리고 있다. 물방울이 맺힌 화살나무 잎사귀들에서 풋풋한 살 내음이 난다.

인적 없는 이른 아침 정원엔 이름 모를 작은 새들의 노랫소리

+ 한국정원 양반집 대가

가 마치 목관악기를 연주하듯 경쾌하다. 쏙독새와 호랑지빠귀가 가까운 숲에서 이중주를 하더니 멀리서 검은등뻐꾸기의 호들갑스러운 노랫가락이 산비둘기의 저음에 장단을 맞춘다. 봄마다 듣게 되는 이 새의 노래에 남편과 나는 '어절씨구'라고 제목을 붙여 주었다. 네 음절로 노래하는 흥겨운 가락이 마치 "어절씨구" 하는 것 같이 붙여준 제목인데 새의 이름이 '검은등뻐꾸기'인 것은 최

근에야 알았다.

이제 막 안개가 걷히려는 앞산은 성큼 앞으로 다가와 싱그러운 초록을 마음껏 내뿜고, 그 앞에 선 단풍나무들은 물기 머금은 잎사귀가 무거워 가지들을 축 내려뜨리고 있다. 봄이 무르익어 가슴속까지 푸르름이 꽉 들어찬 느낌이다.

원내를 한 바퀴 돌아 한국정원 양반집 대가 안으로 들어섰다. 뜰 안에 활짝 피어 있던 모란이 어제 내린 비에 다 젖어 그만 꽃잎을 축 늘어뜨리고 있다. 이틀 전에 들렀을 때는 양지쪽에 피어난 모란이 자주색 꽃잎을 우아하게 벌려 그 고귀한 향내를 내뿜기 시작했는데 말이다. 자세히 보니 그 여린 꽃잎은 물러져 있고, 나무 아래엔 꽃잎이 뚝뚝 떨어져 있다. 아! 아쉽다. 모란이 벌써 지다니……. 그렇게 살포시 내린 비에도 상처를 입다니……. 무른 꽃잎을 보니 애처롭기 그지없다. 일 년을 기다려 애써 핀 꽃인데 온종일 내린 봄비에 그만 져버린 것이다. 조금 전까지 초록빛으로 벅차올랐던 가슴이 이내 썰물이 훑고 지나간 듯 허전하다.

모란은 날씨가 좋아도 개화 기간이 가장 짧은 꽃이긴 하다. 활짝 피었는가 싶으면 며칠 있다가 꽃잎을 뚝뚝 떨군다. 그리고 꽃잎이 비단결처럼 얇은 데다 크기도 커서 물기에 쉽게 짓무른다.

+ 축 늘어진 모란

가장 아름다운 시간은 일 년에 고작 사나흘, 너무도 짧아 마음 아픈 꽃이다. 그 짧은 사나흘을 다 버티지도 못하고, 피다 말고 져버린 올해의 모란이 가슴 저미게 안쓰럽다. 햇살이 퍼지니 다른 꽃들은 다 꽃잎을 열고 다시 생글거리는데 유독 모란만 고개를 쳐들지 못하고 시들어 말라붙었다.

천국정원을 뒤로하고 돌아오는 길 내내 쓸쓸한 기분이 끝내

가시지 않는다.

모란을 닮은 나 자신의 여린 속내를 보는 것 같아 연민이 더해진 것일까? 아니면 무심한 세상에서 맥없이, 이유 없이 물러지고 사그라지는 연약한 존재들에 대한 아픔 때문인가? 애써 꽃을 피운 여린 모란 같은 이들에게 잔인한 비가 되는 세상에 분노한 걸까?

아니다. 속절없이 모든 것을 받아들여야 하는 모란 같은 운명의 존재인, 나 자신을 포함한 우리 모두가 측은해서인가 보다.

그래도 영랑은 그의 시 〈모란이 피기까지는〉에서 “나는 아직 나의 봄을 기다리고 있을 테요. 찬란한 슬픔의 봄을……”이라고 하지 않았던가. 그래! 내년 봄을 기약하며 모란을 여읜 설움을 달래보자.

고라니의 뷔페식당이 된 아침고요

어젯밤엔 잠을 설치다 오늘 아침 늦잠을 자고 말았다. 4월 초순경부터 두어 달이 넘도록 밤잠을 못 자며 고라니 당직을 서는 직원들 때문에 마음이 불편하고 미안하여 이 생각 저 생각 하다가 잠을 설친 것이다.

몇 년 전부터 축령산에 사는 고라니들이 아침고요 정원에 피어 있는 꽃들을 따 먹으러 내려오더니만 이제는 불어난 식구들을 떼거리로 몰고 내려와 밤마다 정원에서 성찬을 즐기는 지경이 되어버렸다.

처음엔 산에 나물이나 새 움이 나오기 전에 먹을 것이 부족하여 정원에 심어놓은 꽃들을 먹는 줄 알았다. 그러나 알고 보니 이놈들

이 산에서 먹던 나뭇잎이나 나물보다는 정원에 있는 꽃들이 훨씬 맛있어 친구와 가족들까지 데리고 밤마다 내려오는 것이었다.

초봄에는 흰색의 마거리트를 즐기고, 그다음에는 가자니아Gazania, 리빙스턴데이지Livingstone Daisy, 베고니아Begonia, 임파첸스Impatiens 등의 꽃들을 차례대로 골고루 뜯어 먹으며 미식가의 면모를 보인다.

아침마다 담당직원들이 몽창몽창 뜯겨 있는 꽃들을 빼내고 갈아 심느라고 수고하다 도저히 당할 재주가 없어 두 달 전부터는 아예 밤을 새우면서 고라니를 쫓아버리는 방법을 쓰게 되었다. 직원들이 밤새도록 꽃이 핀 여덟 개의 정원을 쉴 새 없이 뛰어다니며 고라니를 쫓은 덕분에 정원은 그나마 아름답게 유지되었지만 남자 직원들의 고생이 이만저만이 아니다.

군대에서 보초를 설 때도 해보지 않았을 고생을 직원들에게 시키고 있자니 원장으로서 마음이 쓰여 편하게 발을 뻗고 잘 수도 없다.

예전 이맘때 하늘길에 예쁘게 핀 양귀비꽃들을 고라니가 죄다 뜯어 먹어 분이 머리끝까지 치밀었던 기억이 난다. 그때 남편이 "여보! 우리 아침고요가 저 고라니들에게는 뷔페야"라며 화난 나를 웃겼다. 이제는 뷔페든, 유명 음식점이든 다 사양할 테니 고라니 손님들 제발 다른 식당으로 갔으면 싶었다.

사실은 고라니를 못 들어오게 하려고 펜스를 쳐보기도 하고, 냄새를 맡고 도망가라고 락스를 물병에 담아 꽃 사이에 놓아보기도 하고 별의별 수단을 다 썼었다. 군부대에다 탄원을 넣어 고라니를 잡게 포수들을 보내달라고 하였으나 고라니는 또 보호해야 할 동물이기도 하고, 잡아도 시세가 없어 포수들도 선뜻 나서지 않는 터였다.

결국은 사람 키보다도 높은 철망을 수목원 둘레에 치는 수밖에 없는데 문제는 관람객이 돌아다니는 원내에는 혐오적인 철망을 칠 수가 없다는 것이다. 마침 수목원 바로 둘레에는 도유림과 국유림이 경계해 있어 이제 철조망을 치게 해달라고 이용 허가를 신청해놓고 기다리는 중이다. 제발 하루라도 빨리 허가가 떨어지기를 기도하지만 행정을 맡으신 그분들은 애가 타는 이 수목원 원장의 심정을 아시는지 모르겠다.

어제는 회의 중에 고라니 당직을 섰던 직원들이 "이제는 고라니만 생각하면 이가 갈린다"라면서 총이 있으면 쏘아버리고 싶다고 해서 한바탕들 웃었다. 하지만 나는 그 철천지원수인 고라니가 밉살스럽고 직원들에게 미안해서 웃음도 나오지 않았다.

한편으로는 '숲에서 맨날 먹던 나뭇잎이나 열매보다 그 보드란 꽃잎이 얼마나 맛있었기에 위험을 무릅쓰고 여기에 내려왔을까?' 라고 생각하니 고라니를 이해할 수 있을 것 같았다.

오늘 아침 늦잠을 잤지만, 하늘길에 양귀비가 얼마나 피었을까 궁금하여 카메라를 챙겨 정원으로 나섰다. 며칠 전엔 불과 몇 송이만 피었었는데 하얀 안개꽃 사이사이에 빨간 양귀비들이 하늘길 가득 늘어서 있다. 얇은 비단을 걸친 요염한 양귀비가 이렇듯 아름다웠기에 꽃 이름에 양귀비가 붙었을 듯하다. 바람에 하늘하늘 거리는 양귀비 군락을 뒤로하고 하경정원으로 들어서는데 연못 아래에서 뭐가 후다닥하고 튀는 소리가 난다.

남편이 "고라니다!"라고 외쳐 놀라 뛰어가 보니 도망가는 고라니의 엉덩이가 보인다. 8시가 넘은 이 시각까지 호시탐탐 기회를 엿보다 당직이 들어간 사이에 시식하러 온 모양이다.

"저걸 좀 잡았어야 되는데……."

안타까워 소리치는 나에게 남편은 이렇게 말했다.

"고라니 눈하고 딱 마주쳤는데 눈이 너무 순하고 예뻐서 잡아도 놓아주고 싶겠더라……."

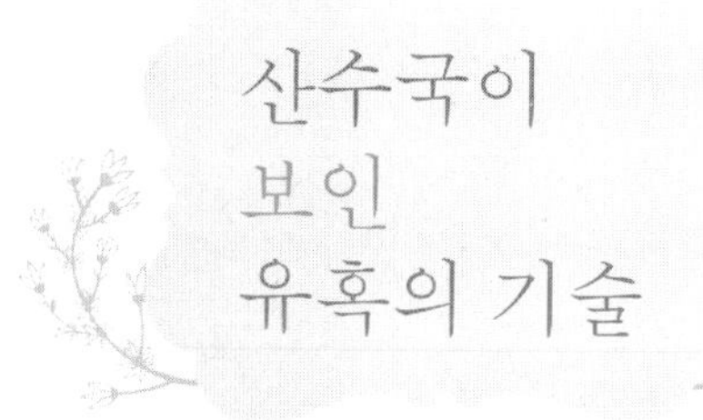

산수국이 보인 유혹의 기술

중부지방에 장맛비가 쏟아진 지도 벌써 8일째다. 지겹도록 오는 비에 그 화려하던 일년초화들은 다 망가지거나 녹아버리고 말았다. 대신 키가 큰 여러해살이풀들이 빗속에서도 잘도 견디며 여기저기 꽃을 피우고 있다. 어제와 그제 내린 폭우로 계곡물이 엄청나게 불어 양쪽 계곡으로 폭포수 같은 물이 쏟아져 내린다.

비를 너무 퍼붓는다고 하늘을 향해 원망하던 입에서 "우와!" 하는 탄성이 절로 나온다. 장쾌하게 쏟아져 흐르는 계곡 물가에 서니 서늘하고 시원한 게 정말 스트레스가 다 날아가는 것 같다.

무궁화동산 위 전망대에서 내려다보니 능수정원 언덕 아래를 휘감아 돌며 쏟아져 흘러가는 물줄기가 신명 나게 멋지다.

"폭우가 오지 않을 때라도 이렇게 물이 많으면 좋겠다"라고 남편에게 말하니 "욕심도 많다"며 핀잔을 준다.

아침고요는 축령산 자락 바로 밑에 자리하고 있어서인지 폭우가 올 때도 물이 항상 맑다. 신나게 쏟아지는 맑은 물줄기를 보고 있자니 역시 가슴에 생동하는 물결이 치는 것 같다.

이맘때쯤이면 늘 피어 있을 산수국이 몹시 궁금하다.

'항상 장마철에는 산수국이 피었지.'

서둘러 무궁화동산을 내려와 야생화산책길로 발걸음을 재촉했다. 일주일 전부터 산수국이 파랗게 피기 시작하더니 오늘 와보니까 산수국이 만개해 산책로 주변이 온통 파란색 물결이다.

산수국은 산골짜기나 숲 속에서 자라는 갈잎떨기나무로 높이가 1미터 정도 되는 관목이다. 신비스런 남색의 꽃이 꽃대 끝에서 우산살처럼 갈라진 꽃가지 끝마다 달리는 산형꽃차례로 피어난다. 한 꽃대에 7, 8개의 꽃송이가 달리는데 꽃송이 가장자리에는 꽃잎처럼 생긴 연한 남색의 꽃받침 조각이 하나씩 달려 귀엽고 사랑스럽다. 가짜 꽃이지만 이 장식 꽃이 없었더라면 곤충이나 사람들이 그냥 지나칠 만큼 수수한 모습이었을 게다.

야생화 사진을 취미로 찍는 어떤 의사 한 분이 이 꽃을 보고 마치 숲 속의 요정들이 모여와 날아다니는 것 같다고 내게 말한 적이 있다. 꽃의 색깔도 보기 드문 파란색이며 장식 꽃을 주렁주렁 매달고 있는 모습이 나에게는 마치 귀고리를 찰랑거리는 앳된 숙녀의 얼굴 같다. 무더운 장마철에 피어나 사람들의 더운 가슴을 시원하게 식혀주는 이 꽃을 나는 사랑한다.

오늘도 야생화산책로 그늘에서 산수국을 만나니 가슴이 뛴다. 한참을 멈춰 서서 찬찬히 신비스러운 파란색 꽃들을 들여다보니 어디서 몰려왔는지 셀 수 없는 벌들이 분주하게 윙윙거리며 이 꽃 저 꽃으로 날아다닌다. 발마다 노란 꽃가루 뭉치를 달고 날아다니니 산수국에 꽃가루가 많은가 보다. 역시 장식 꽃으로 치장한 보람이 있어 보인다.

산수국의 '유혹의 기술'은 정말 놀라워 감탄이 나온다. 순수한 파란색을 지닌 천진스런 꽃 속에 치밀한 유혹의 전략이 숨어 있다니 생존과 종족 보존을 위한 조물주의 위대한 섭리가 감지된다. 언제부턴가 나는 파란색을 좋아하게 되었다. 옷도 파란색 옷이 좋고, 꽃도 파란 빛깔을 띤 것에 끌린다. 파란색은 마음을 평화롭게 해줘 그런 것 같다.

지구를 둘러싼 하늘이 온통 파랗고 바다도 파란 것은 어쩌면 삶에 찌들어 사는 인간을 위한 조물주의 각별한 배려가 아닐까.

파아란 산수국 물결

파아란 하늘빛으로
물을 들이고
꿈결에서 날아온 나비 떼인가?

초록 숲 그늘 아래
나붓나붓 내려앉아
이내 파아란 물결로 넘실거린다

그 옛날
하늘색이었던 시절이
아련히 떠오르며
반가움인지 슬픔인지 모를
뭉클함이 가슴을 메워온다

파아란 꿈이 있던 그 시절로 돌아온 듯
산수국 흐드러진 꽃길을 걷는다

파란 산수국을 들여다보고 있노라면 마음이 편안해지고 영혼까지 정화되는 느낌이다.

장쾌한 계곡물에 마음의 묵은 때를 씻어버리고 파란 산수국에 영혼을 적신 하루였다.

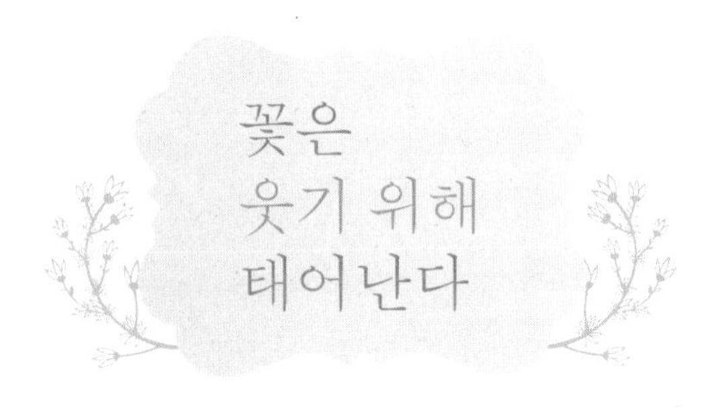

세벽에 굵은 장대비가 쏟아졌다. 그렇게 가물더니 장마가 들고 나서부터 비가 오기만 하면 시간당 30밀리미터로 내리쏟는다. 한옥 처마 끝에 매달린 양철 물받이에 떨어지는 빗소리가 요란하지만 오랜 시간 가뭄에 시달려서 때리는 소리가 참 듣기 좋다.

비가 그치기를 기다려 정원으로 나섰다. 계곡을 건너자니 우렁찬 물소리에 천지가 진동하는 것 같다. 그동안 숲 속 그늘 아래 파란 물결을 이뤘던 산수국은 이제 색이 하얗게 바래고, 초록 잎만 더 무성해진 채로 물기를 뚝뚝 떨구고 있다. 산수국이 진 야생화 산책길엔 어느새 홑왕원추리가 피어 주황빛 등불을 켠 듯 어두운 산책길을 환히 밝히고 있다. 노루오줌이 화사했던 약속의정원에

+ 리아트리스
+ 홑왕원추리
+ 오리엔탈백합

는 그새 노루오줌이 지고, 여러 품종의 플록스가 피어 그 화사함을 대신하고 있다.

여러해살이풀들이 꽃을 피우는 여름은 바삐 피고 지는 꽃 때문에 지루할 틈이 없다. 비가 연일 오는 장마철이나 뙤약볕이 쏟아지는 여름 폭염에도 꽃들은 잘도 피고 진다. 꽃이 펴야 열매를 맺을 수 있기 때문에 아무리 비가 오고 바람이 불어도, 타는 듯이 뜨거워도 꽃들은 피어야 한다는 걸 아는 모양이다.

6월부터 시작된 여러해살이풀들의 개화 경주는 이제 한창 열기가 무르익는 중이다. 에덴정원을 지나다 보니 꽃방망이 리아트리스Liatris가 빗속에서도 굳건히 서서 연보랏빛 웃음을 짓고 있다. 하늘정원엔 어느덧 오리엔탈백합이 죽 늘어서서 진한 향기를 날리며 미소를 보낸다.

정원을 한 바퀴 돌고 집 앞에 있는 능수정원을 지나치는데 키가 큰 분홍색 백합이 쓰러져 있다. 어젯밤 비바람에 큰 키가 걸려 넘어졌나 보다. 세워 볼까 허리를 굽혀 꽃송이를 쳐드니 쓰러져 있었는데도 여전히 환한 얼굴로 나를 바라보며 웃는다.

울상을 짓고 있을 줄 알았는데 너무도 초연하게 웃고 있다. 꽃은 아마 웃기 위해 태어났나 보다. 그러니 비바람에 쓰러져 흙탕

물이 튄 얼굴로도 저리 해맑게 웃고 있지 않을까?

나도 꽃처럼 저렇게 웃을 수 있다면 얼마나 행복할까? 좋을 때만 웃는 것이 아니고, 궂을 때나 바람이 몰아쳐 올 때에도 꽃처럼 웃어서 나도 행복하고 바라보는 이도 웃게 할 수 있다면 얼마나 좋을까? 조금만 어려운 일이 닥쳐도 염려로 불안해지고, 조금만 마음을 다쳐도 금세 시무룩한 얼굴이 되는 내 모습이 꽃 앞에서 실로 부끄럽다.

여름 한철 기껏해야 열흘이나 보름 남짓 피다 지는 저 꽃들도 지는 날까지 방실대며 웃는데 인생의 꽃밭에서 수십 년 사는 세월, 저 꽃들처럼 환한 웃음 지으며 살다 가고 싶다. 비록 쓰러지는 한이 있더라도 웃기 위해 태어난 꽃처럼 미소를 짓고, 그래서 누군가에게 위로가 되고 희망이 되는 꽃 같은 존재로 살고 싶다.

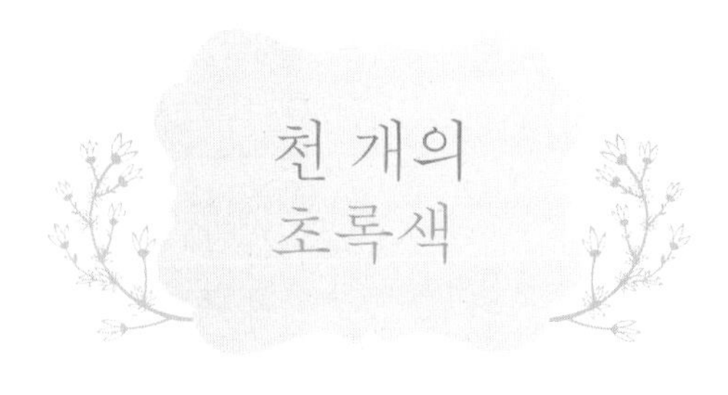

천 개의 초록색

어느덧 계절의 시곗바늘이 여름 한가운데에 있다. 오늘도 기온이 33도까지 오르는 무더운 날씨 속에 가끔 태양이 구름 사이로 나타나면 "후욱" 소리를 내며 열기가 몸속으로 달려든다. 저절로 시원한 물이 그리워져 북새통인데도 불구하고 너도나도 바다나 계곡으로 떠나는가 보다.

여름이 무르익는 소리가 숲 속에서 들리는 듯하다. 매미와 풀벌레들의 요란한 노랫소리에 신명이 난 나뭇잎들은 햇빛을 있는 대로 들이마셔서 윤기가 자르르하고, 초록이 짙을 대로 짙어졌다. 그 초록이 선녀탕 계곡 아래에 있는 오래된 다래 넝쿨에 다래를 주렁주렁 달아놓아 여름이 익어가게 한다. 힘차게 뻗어내려 언덕을 휘감아버린 칡넝쿨에도 자줏빛 꽃이 피게 해서 은은한 칡꽃 향기가 계곡을 감싸 안는다.

수목원 중앙에 자리한 잔디광장에 서니 온통 시야에 초록뿐이다. 잔디광장을 병풍처럼 둘러싼 앞산과 뒷산의 숲은 풍성한 초록으로, 단정하게 다듬어진 잔디는 싱싱한 초록으로 다가온다.

그 초록을 배경으로 플록스 화단에 플록스들이 진분홍색의 꽃을 피웠지만, 오늘은 플록스보다 유독 잔디의 초록이 더욱 선명하게 눈에 띈다. 초봄부터 지금껏 화단의 배경으로만 보였던 초록의 잔디가 오늘 드디어 주인공으로 내 시야에 들어온 것이다. 태양이 이글거리는 이 여름날, 유난히 싱그러운 초록빛의 잔디가 자신의 진면목을 유감없이 드러내는 순간이다.

"아! 초록이 이렇게 아름다웠구나!"

나는 속으로 탄성을 지르며 잔디의 초록을 처음으로 찬찬히 음미해본다. 마음이 차분해지고 가슴속이 시원해진다. 같은 초록색이라도 나무나 풀의 질감이나 크기, 형태에 따라 각기 다른 초록으로 나타나는 것을 볼 수 있다. 단풍나무의 가는 잎사귀의 초록이 만병초의 도톰하고 윤기가 나는 초록 잎과 다르고, 앞산 가득 들어찬 잣나무와 같은 침엽수의 초록 잎과 넓은 잎을 가진 칠엽수의 초록 잎사귀는 느낌이 다른 초록이다. 자세히 보니 다 같은 초록이라도 또 각기 다른 초록이다.

그래서 초록색만 고집스럽게 사용하면서 천 개의 색을 낼 수 있다고 하는 영국의 어느 정원디자이너의 말이 새삼 맞는구나 싶다.

정원에서 초록색은 늘 배경이 되어왔다. 크고 작은 녹색의 나무와 그리고 잔디로서, 그래서 다른 색깔의 나무와 꽃들을 더 화사하게 돋보이도록 하는 역할을 도맡아왔다. 그 초록이 없으면 제아무리 아름다운 꽃이라도 그 진가가 제대로 드러나지 않는다.

초봄 연둣빛부터 초가을 깊은 초록까지 정원의 튀지 않은 배경이 되어주는 초록색이 정말 고맙게 느껴진다. 그리고 꽃이 없어서 별로 주목받지 못히는 이 진디광장을 정성스레 풀 매고 깎는 담당직원에게도 고마운 마음이 든다.

사실 초록은 정원에서만 필요한 게 아니고 온 지구를 먹여 살리고, 산소를 공급해주는 인간의 생존에 절대적인 역할을 하는 색이다. 초록빛의 자연이 인간에게 주는 혜택은 다 손꼽을 수 없을 만큼 지대하고 막강하다. 그래서 초록 숲을 바라볼 때마다 나는 저 초록 잎사귀 하나하나에는 인간의 생존을 위한 신의 배려와 사랑이 알알이 박혀 있다는 생각을 한다.

수많은 잎사귀마다 생명을 위한 에너지와 사랑을 가득 머금기 위해 뜨거운 여름날에도 태양을 향해 가지를 펼치고 거친 숨을 몰아쉬는 초록의 나무들이 그저 장하고 고마울 뿐이다.

누구나 화려한 꽃이 되어 다른 이들의 찬사와 인정을 받고 싶어 하는 요즘 같은 세상에 튀지 않으면서 기꺼이 배경이 되어 화단을 꾸며주는 초록빛 같은 사람이 그립다. 마주하면 상대를 차분하게 하고, 바라보면 시원하고 편안해지는 그런 사람, 있는 듯 없는 듯하지만 없으면 큰일 나는 초록색 같은 그런 사람이 그립다.

저 싱그러운 초록빛이 나에게도 진하게 물들어 속속들이 초록색일 수 있으면 얼마나 좋을까?

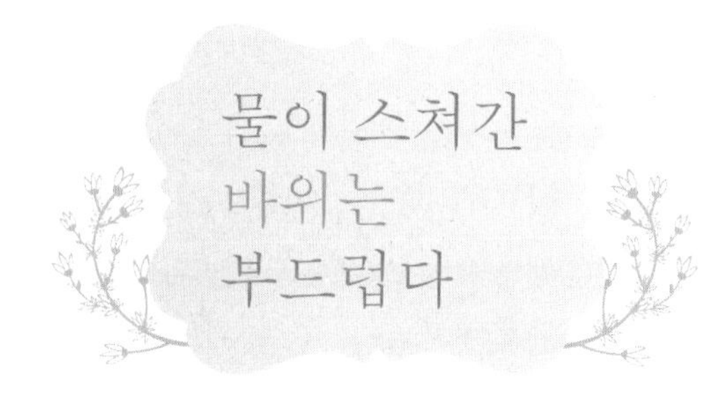

물이 스쳐간 바위는 부드럽다

어느덧 계절은 한낮의 태양이 이글거리는 여름 한가운데에 와 있다. 휴가철의 절정이라 관람객들이 늘어 입구 쪽은 제법 북적거린다. 올 휴가철은 유난히 관람객이 많은 것 같다.

서민 경기가 좋지 않아 하루 정도 알차게 여름 분위기를 맛보려는 사람들이 늘면서 아침고요를 찾는 이가 많아진 것이다. 이는 두 개의 큰 계곡을 끼고 있는 지리적 이점도 작용한 것 같다. 나무숲 그늘에 서늘한 기운을 뿜어내는 계곡물이 시원하게 흐르고 있어 정원 관람을 하다가도 무더우면 언제든지 계곡으로 내려가 시리도록 찬물에 발을 담글 수 있으니 얼마나 좋은 피서인가?

점심을 먹고 뙤약볕이 내리쬐는 정원으로 나서 원내를 둘러보니 거의 모든 관람객들이 계곡에 들어가 있다. 널따란 바위 위에 일찌감치 돗자리를 펴고 가족끼리 모여 앉아 담소를 나누는 모습이 정겨워 보인다. 어떤 가족들은 아침 일찍부터 입장해 정원 군데군데에 지은 전망 좋은 정자를 차지하고 하루 종일 누워서 잠을 잔다. 그들은 풀벌레 소리와 계곡물 소리가 자장가로 들리는지 사람들이 지나가도 모르게 깊은 잠을 청한다. 달게 자는 모습이 무척 평화로워 보인다.

물이 흐르다가 소를 만들어놓은 제법 깊고 넓은 웅덩이엔 아이들이 옷을 입은 채로 들어가 텀벙거리며 물싸움을 한다. 아이들은 정말 물을 좋아한다. 그런데 깔깔거리며 소리를 쳐대도 시끄럽지가 않다. 흐르는 물소리에 묻혀서인지 계곡에 사람이 빼곡히 들어차 있는데도 조용할 뿐이다.

나도 이 여름이 무르익도록 한 번도 계곡물에 발을 담가보지 못했는데 한번 해보고 싶었다. 인적이 드문 하늘정원 위쪽으로 올라가니 바위틈 사이로 물이 흐르는 서늘한 그늘이 아직 비어 있었다. 신발을 벗고 바위에 앉아 발을 담그니 차가운 기운이 온몸으로 전해진다. 몇 년 전까지는 여름에 자주 찾아와 발을 담그고 책을 읽던 곳이었는데 뭐가 그리 정신이 없는지 이곳을 오래간만

에 왔다.

오랜 세월 동안 얼마나 많은 물이 바위를 스쳐 지나갔을까? 매끈해진 바위는 그렇게 맑은 물을 흘려보낸다. 무척이나 맑아 나도 모르게 물을 한 줌 들이켰다. 바위 위에 누워 바람에 나부끼는 나뭇잎을 바라본다. 물소리, 풀벌레소리, 새소리가 합창을 하지만 너무나 고요하다. 흐르는 물소리에 내 마음도 무념무상으로 돌아간다.

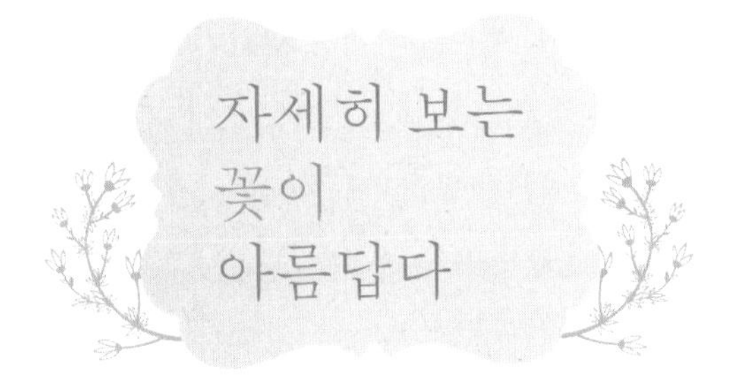

자세히 보는 꽃이 아름답다

아침고요정원 곳곳을 돌아다니다 보면 꽃 사진을 찍기 위해 무거운 장비를 메고 지고 다니는 사진 전문가들을 꽤 많이 만난다. 굳이 전문 작가가 아니더라도 동호회와 함께 혹은 혼자서 카메라를 꽃에 대고 열심히 사진을 찍는 진지한 모습들을 종종 본다.

특히 봄철에는 우리나라 야생화의 매력에 빠져 야생화 사진을 찍는 분들이 꽤 많다. 그분들의 카메라 렌즈를 따라가 보면 이른 봄부터 복수초, 노루귀, 앵초, 깽깽이풀 등을 만나게 된다. 그 꽃들을 나도 따라 들여다보니 우리나라 야생화가 왜 그리 묘한 매력이 있어 많은 사람의 사랑을 받는지를 알 것 같다.

우리 야생화들은 하나같이 수수하고 작게 생겼다. 첫눈에 띄게 크거나 화려하지도 않다. 그런데 자세히 한참을 들여다보면 다소곳하고 수수한 가운데 은근한 아름다움이 있고, 작지만 정교하고 앙증맞은 아름다움이 있다.

오늘 아침에 한국정원 서화연 근처에서 만난 '금꿩의다리'도 우리나라 산지에서 자라는 야생화 중 하나다. 해마다 그 자리에서 피고 지는 미나리아재빗과의 여러해살이풀꽃이다.

낮에는 땡볕이 뜨거워 정원을 돌아다닐 엄두가 나지 않아 이른 아침 카메라를 들고 정원으로 나섰다. 그러던 중 부지런히 걷는 걸음을 '금꿩의다리'가 멈춰 세웠다. 작년 이맘때쯤에도 내 키를 훌쩍 넘는 큰 키에 가늘고 짙은 자색 줄기를 하늘거리며 피어 있더니 올해도 어김없이 피어서 이른 아침 내 발목을 잡고 인사를 건넨다. 길가 개울 쪽으로 여기저기 몇 포기가 서 있는데, 불과 며칠 전에 개화가 시작되었는지 이제 막 꽃을 피운 것도 있고 아직 몽글몽글한 봉오리를 잔뜩 매단 것들도 보인다.

이 사랑스러운 꽃을 그냥 지나칠 수 없어 돋보기안경을 꺼내 쓰고 자세히 들여다본다. 자색 줄기 끝과 잎겨드랑이에서 원추꽃차례로 피어난 보라색 꽃이 너무 앙증맞다. 더 자세히 살펴보니 보라색 꽃은 꽃잎이 아니고 꽃받침이다. 4개의 꽃받침이 마치 꽃잎처럼 금색의 수술을 싸고 있다. 30여 개가 넘는 수술들이 금색

+ 금꿩의다리

으로 꽃받침 속에서 빛나고 있다. 작지만 경탄할 만한 아름다움이다. 아직 봉오리로 있는 것들은 보랏빛 구슬 같아 그대로 귀에다 갖다 걸면 귀여운 귀걸이가 될 것 같다.

이 사랑스러운 꽃을 왜 '꿩의다리'라고 불렀을까? 아마 잎자루가 꿩의 다리처럼 가늘고 길어서 그랬나 싶은데 꽃이 무척 불만스럽고 억울할 것 같다. 그나마 앞에 '금'자가 붙어 그냥 '꿩의다리'보다는 '금꿩의다리'가 되어 조금은 귀해 보이는 이미지가 풍기긴 해도 말이다.

우리나라 야생화가 그러하듯이 우리네 삶도 내세울 이름 하나 변변치 않고, 그렇다고 남의 이목을 끌 만한 화려한 이력이 있지도 않은, 그저 수수하고 소박한 일상이 반복되는 인생이다.

그래도 멈추어 서서 그 삶들을 자세히 들여다보면 하나같이 눈물겨운 사연이 있고, 어려운 조건 속에서 치열한 투쟁을 통해 피워 올린 꽃이 보인다. 작지만 돋보기를 쓰고 보면 정교한 아름다움에 경탄할 만하다.

꽃 사진을 찍는 대부분의 사람이 처음 사진을 찍기 시작할 때는 크고 화려한 꽃에 이끌려 필름 값과 인화비를 많이 투자하지만 차츰차츰, 그러다 종국에는 야생화의 매력에 빠져 야생화 사진을 수도 없이 찍는 걸 본다. 이제는 나도 크고 화려한 꽃보다는 작지만 들여다보면 볼수록 은근한 아름다움이 있는 우리 야생화에 더 눈길이 간다. 수수하고 소박한 아름다움이 더 마음에 와 닿는 나이가 된 탓일까?

마음의 눈에도 돋보기를 쓰고 야생화 같은 나와 저들의 삶을 들여다보며, 아름답고 장하다고 쓰다듬어 주며 살아가고 싶다. 작지만 사랑스러운 '금꿩의다리'와 같은 사람들을 진정으로 알아주며 사랑하면서 말이다.

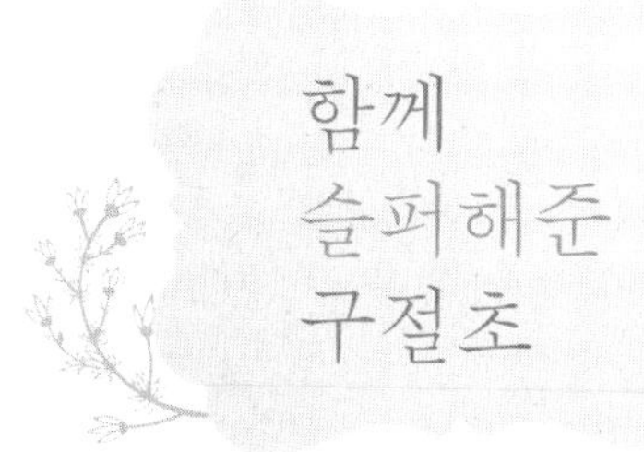

함께 슬퍼해준 구절초

9월의 마지막 날이다. 지난주 정말 믿기지 않는 건강검진 결과를 통보받고 꼭 일주일 만에 수목원에 출근했다. 수목원을 나간 지 한 달도 넘은 듯 긴 시간이 지난 것 같다.

'위암에 걸렸단다.'

이런 환경 좋은 직장에서 원장으로 있는 내가 암에 걸리다니 정말 자존심이 상했다. 사실을 확인하고 나서 그동안 내가 얼마나 여유 없이 쫓기며 살았는지를 깨달았다. 그리고 '올 것이 왔다'라는 생각도 들었다.

지난주 내내 모든 일을 접어두고 집에서 쉬니 휴식이 그리 좋을 수 없었다. 내 건강에 대해서 정말 정신이 번쩍 들고 나서야 수

목원에서 그동안 아등바등하면서 챙기고 몰아치던 일들이 정말 아무것도 아닌 것처럼 생각되었다. 그나마 예후가 좋은 위암을 조기 발견해서 다행이고 감사하다. 다음 주에는 병원에 입원하고 수술하기로 했으니 이제 한동안은 수목원에 오지 못할 것 같다.

8일 만에 돌아보는 정원은 많이 달라져 보인다. 구절초가 하얗게 만발하고 보라색 쑥부쟁이들이 탐스럽게 피어 있다. 특히 양반집 대가 대청마루에 앉아 내다보는 뒤뜰 언덕은 마치 커다란 액자에 담긴 사진 작품이나 그림처럼 아름답다. 눈같이 새하얀 구절초가 분재 소나무 주변으로 흐드러지게 핀 모습은 마냥 바라보아도 지루하지 않다. 아마 해가 지는 저녁나절엔 저 새하얀 모습이 더 눈부시게 다가올 것이다.

구절초도 변종이 많아 모양이 제각각이지만 나는 꽃잎이 크고 넓은 것을 좋아한다. 이제 저 통통한 꽃잎도 한 주가 지나면 시들어 떨어질 텐데 꽃잎은 무심히 바람결에 흔들리며 웃는다. 그 애잔한 웃음이 애처롭기도 하고 장하기도 하다.

일주일 전 위암 통보를 받던 날, 나는 도저히 받아들일 수 없어 잠을 못 이루고 마음이 혼란스러웠다. 암에 걸린 사람이라면 누구나 "왜? 나야! 내가 왜 걸려!"라는 생각을 할 것이다. 머릿속은 원인과 이유를 찾느라 분주히 생각이 돌고 돌았다. 그 생각 언저리엔 나를 힘들게 했던 사람들과 사건들이 계속 맴돌았다.

결국 나는 그 속에서 피해자였다는 사실에 자기 연민에 빠지고, 모든 것들을 분노하고 원망했다. 밤새 계속된 분노와 원망은 새벽 3시쯤이 되어서야 잦아들고 그 원인을 자신 속에서 찾을 수 있었다.

바로 내 마음이 문제였다. 나처럼 식생활에 신경을 쓰면서 건강식을 하는 사람도 흔치 않고, 공기 좋고 아름다운 환경에서 사는 사람도 없다. 단지 마음을 잘 다스리지 못하고 염려와 불안, 근심 속에서 지낸 세월이 많았다.

여유 있게 기다릴 줄 모르고 초조해하며 산 날들이 얼마나 많았는가? 일의 결과가 내가 바라는 쪽으로 풀리지 않았을 때 내 입장에서만 속상해하고 다른 사람 탓을 하는 자기중심적인 삶을 얼마나 많이 살아왔던가?

거기에 생각이 미치자 참 자신에게 부끄러웠다. 하나님을 믿는 기독교 신자인 내가 고아처럼 그렇게 살아왔다는 것도 너무나 죄스러웠다. 이제껏 흘리던 원망의 눈물이 통회의 눈물로 바뀌어 흘렀다. 모든 것을 받아들이니 오히려 감사했다. 그리고 평온한 마음으로 새벽 동이 틀 무렵 단잠을 이룰 수 있었다.

오늘 이 양반집 대가에 앉아 바라보는 구절초의 웃음이 내 마음에 진하게 와 닿는다. 모든 것을 받아들이고 바람결에 웃음 짓는 구절초와 동병상련의 애상을 느꼈기 때문일까? 그렇게 구절초가 장해 보일 수 없었다.

서로에게 위로가 되어준 가을날에 구절초를 바라보며 다짐했다.

"그래! 내년 이맘때 건강하고 새로워진 모습으로 우리 다시 만나자."

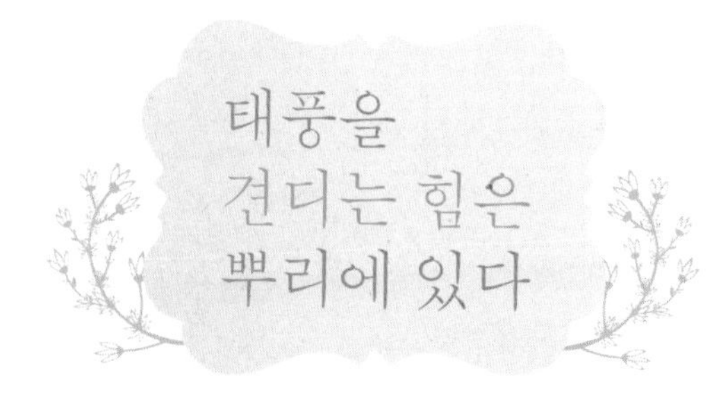

태풍을 견디는 힘은 뿌리에 있다

3일 전부터 텔레비전에서 태풍이 올라온다고 연일 방송에 나왔다. 드디어 오늘 아침 인천에 태풍이 상륙했나 보다. 새벽부터 유리창 흔들리는 소리에 잠이 깨어 깜깜한 어둠 속 밖을 내다보니 바람 부는 소리가 엄청나다. 수목원 나무들이 걱정되어 잠이 오질 않는다. 기도하는 심정으로 누워 있다가 도저히 더는 견딜 수 없어 서둘러 아침 식사 후에 출근했다.

대성리를 지나니 도로변에 심은 아까시나무들이 다 꺾이고 쓰러져버려 도로가 온통 마비되고 말았다.

'수목원에 난리가 났겠구나……' 싶어 발을 동동 구르며 앞선 차량을 헤집고 겨우 수목원에 도착했다. 아니나 다를까, 나무들이 뿌리째 뽑혀 쓰러져 있는 것이 보였다. 지름이 50, 60센티미터나 되는 잣나무들이 여기저기 누워 있었다.

아직도 바람이 휘몰아치는데 살아남은 나무들은 죽은 나무들을 향해 비통한 울음을 터뜨리듯 윙윙 소리를 내며 세찬 바람에 흔들렸다. 마치 영화에서 보았던 전쟁터 장면 같았다. 얼마나 더 많은 나무들이 쓰러져야 이 전쟁이 끝날 것인가?

참담한 심정으로 수목원을 둘러보니 40, 50년생 잣나무들이 20여 개는 쓰러진 것 같다. 정말 늠름한 모습으로 서 있던 멋진 나무들인데……. 직원들이 비옷을 입고 쓰러진 나무들을 전기톱으로 베어 길을 정리했다.

우리는 이렇듯 삶과 죽음이 비정하게 구분되는 세상에 살고 있지 않던가? 쓰러진 잣나무들을 끌어안고 통곡하고 싶은 심정이었다. 그런데 하필이면 내가 그렇게 좋아하는 멋진 잣나무들만 뿌리째 뽑혔을까?

잣나무는 상당히 얕은 땅에 뿌리를 박는다. 뽑힌 뿌리등걸이 크지만 깊이는 불과 1미터도 안 된다. 그러니 태풍 같은 거센 바람이 불면 뿌리는 그 높은 키에 드리운 가지들이 맞는 바람의 힘을 견디지 못해 뽑혀 무너진다

베어져 차에 실린 잣나무들을 보며 인생살이에서 변하지 않는 원리들을 새삼 깨닫는다.

'뿌리 깊은 나무처럼 심지가 굳고 깊으면 인생에서 만나는 수많은 태풍도 잘 견딜 수 있겠구나…….'

나는 혹시 잣나무처럼 겉모습은 근사하고 굳세어 보이나 심지가 깊지 못해 인생의 태풍을 만났을 때 쉽게 넘어지지 않았나 생각해본다.

인생에는 여러 가지 예측할 수 없는 태풍이 불 수도 있지 않은가? 건강상에 심각한 문제가 생긴다든지, 경제적인 문제가 갑작스레 닥친다든가 하는 것처럼 말이다. 아울러 사랑하는 사람을 떠나보내는 상실의 고통도 언제 어떻게 올지 모를 일이다.

어디 그뿐인가? 전혀 의도하지 않았지만 인간관계가 꼬이고 오해가 생겨 갈등의 소용돌이 속에서 허우적거릴 때도 있을 것이다.

이러한 인생의 태풍들이 닥쳐올 때 나는 어떻게 이 태풍들을 견디고 이겨낼 수 있을까? 어쩌면 이미 한 번 큰 태풍을 만나서 뿌리가 더 강해졌을 것이다. 암 선고 후 위를 90퍼센트 정도 절제했다. 그간 많은 생각을 했고 여러 교훈을 마음에 아로새겼다. 그리고 세상일들을 조금씩 편하게 바라보며 받아들일 수 있게 되었다.

심지가 굳고 깊다는 것은 무슨 의미일까? 어떤 일을 만나든지,

어떤 상황에 처하든지 어떤 경우에서든 긍정적인 것을 찾아내고 희망을 갖는 일이 아닐까?

아무리 캄캄하고 어두워도 희망은 거기서 시작된다고 한다. 내가 만나는 사람들 속에 아무리 고약한 사람이 있더라도 그에게서 긍정적인 부분을 찾아 좋게 생각하고 선하게 대한다면 관계에서 일어나는 갈등의 회오리는 피할 수 있을 것이다.

오늘 태풍이 지나간 자리에서 쓰러진 잣나무를 보며 내게 불어닥칠 또 다른 인생의 태풍 앞에 가지가 찢겨나가는 아픔은 견딜지언정 절대 쓰러지지는 말자고 다짐해본다.

다시 만나자는 구절초와의 약속

오늘도 여전히 햇살은 눈부시고 하늘은 티 없이 맑고 푸르다. 바람도 살랑거려 가녀린 꽃들이 연신 몸을 흔들며 춤을 춘다. 들국화 전시회가 열리는 한국정원 양반집 대가로 들어서니 분에 담긴 각종 들국화들이 함초롬히 피어 있다. 아직 이른 아침이라 아무도 없는 한옥 대청마루에 홀로 앉으니 고즈넉한 게 한가롭다.

이 자리에 앉아 뒤뜰 언덕에 가득 핀 구절초들을 바라보니 몇 년 전 이맘때가 생각난다. 그새 시간이 훌쩍 지나가 버렸구나, 아마 9월 마지막 주였던 것 같다. 믿을 수 없었던 건강 검진 결과를 통보받고 정신이 멍했던 기억이 난다.

며칠간 마음을 겨우 추스르고 수목원에 출근해 수술받기 전에

처리해야 할 업무를 보고 이 양반집 대가 대청마루에 앉아 바라보던 그 구절초였다.

며칠간 혼란스럽던 마음이 진정되고 자기 연민과 분노 그리고 원망스럽던 감정들이 평온을 되찾아 자연을 바라보는 눈이 더없이 새롭던 순간이었다.

모든 것을 받아들이고 한없이 가난해진 마음으로 대하는 구절초는 그래서 더 아름답고 애잔해 보였다. 대청마루 끝에 걸터앉아 눈길이 머물던 뒤뜰 언덕에 핀 구절초는 눈같이 희고 흐드러지게 피었었다. 바람결에 무심히 흔들리며 웃는 구절초의 그 애잔한 웃음이 애처롭기도 하고 장하게 보이기도 했었다.

이제 열흘 남짓이면 이 아름다움도, 이 싱싱함도 다 사라질 텐데 이 모든 것을 받아들이고 바람결에 웃음 짓는 구절초와 동병상련의 애상을 느꼈기에 장해 보였던 것 같다.

그때 난 약속했다.

"그래! 내년 이맘때 더 건강하고 새로워진 모습으로 우리 다시 만나자."

그렇게 구절초와 함께 다짐하며 위로를 받던 따뜻했던 가을날을 회상해본다. 오늘 이 아침 나는 구절초와의 약속을 떠올렸다. 가슴에 뜨거운 감사의 마음이 벅차오른다

나는 약속을 지켰고 구절초도 더 굳건하고 싱싱하게 약속을 지켰다.

슬픈 당신을 사랑하는 꽃

이른 아침 거실문으로 밖을 내다보니 안개가 짙게 깔렸다. 자욱한 안갯속에서 담장 위로 보이는 자작나무의 이파리가 벌써 노랗게 단풍이 들었다. 멈칫거리며 뜸을 들이던 가을이 어느 결에 살며시 다가와 내 앞에 선 느낌이다. 창밖의 가을 풍경을 바라보다 가을에 어울리는 음악이 듣고 싶어져 미샤 마이스키Mischa Maisky의 첼로 음반을 틀고 창가에 기대섰다. 안개가 서서히 걷히면서 투명한 햇살이 비추자 노란 자작나무 이파리들이 눈부시게 빛난다. 내가 좋아하는 타메조 나리타Tamezo Narita의 곡 〈해변의 노래〉 멜로디가 어느새 가슴을 적셔온다. 이 멜로디를 첼로 소리로 듣고 있으니 [illegible] 고요해지고 마음이 편안해진다

+ 석정원에 핀 가을 야생화 용담

가을 햇살에 반짝이는 자작나무의 이파리들을 바라보며 가슴에 울리는 첼로 선율을 들으니 갑자기 눈물이 난다. 너무 아름다워서, 그래서 행복해서 나오는 눈물인 것 같다. 한참을 그렇게 창가에 서서 음악을 듣다 보니 마음은 영혼이 씻긴 것처럼, 가을 하늘처럼 맑아졌다.

가을 서정에 흠뻑 젖은 아침 시간을 보내고도 가을을 더 누리고 싶은 욕심에 점심을 먹고는 이맘때쯤 피어 있을 가을 야생화 '용담'을 만나러 정원으로 나섰다. 작년에 보니 석정원 맨 아래쪽에 여러 포기가 피었는데 올해도 피었을지 모르겠다.

용담은 용담과에 속하는 다년생풀꽃으로 키가 30~50센티미터 정도로 자라는 우리나라 야생화다. 10월쯤이면 산에서 종처럼 생긴 청보라색의 꽃을 피우는 풀인데 그 꽃의 깊이 있는 청색이 보는 이의 가슴을 저리게 만들 정도로 아름답다.

굵은 뿌리가 있어 한약재로 쓰이는데 용의 쓸개처럼 쓰다 하여 용담이란 이름을 얻었다. 주로 건위제, 이뇨제 등으로 쓰인다고 한다.

작년에 꽃이 피었던 자리에 와보니 다행스럽게도 몇 포기가 겨우 살아남아서 바위에 등을 기대고 누운 채 몇 송이의 꽃을 피웠다. 그리웠던 연인을 만난 듯 너무 반가워 가슴이 두근거린다. 쓰다듬고 싶은 맘이 굴뚝같지만 사람 손이 닿으면 독소에 다칠까 봐 조심스레 찬찬히 바라만 보면서 반갑게 해후한다.

"이 가을 한가운데서 너를 이제 만나니 곧 헤어질 일이 섭섭하구나."

[illegible] 용담에게 말을 건네니 무심한 듯 그 청보랏빛 미

소만 내게 건넨다. 꽃 빛깔이 시리도록 짙은 청색만 아니었어도 이렇듯 가슴 저미는 미소는 아닐 텐데…….

붉은색도, 노란색도 아닌 청색에, 다섯 갈래로 갈라진 꽃부리를 바깥으로 젖힌, 종 모양의 통꽃이 주는 인상은 그냥 꽃이라기보다 영혼을 지닌 존재처럼 느껴진다. 청보랏빛이 던져주는 신비하면서도 슬픈 느낌이 가을의 여심을 더욱 쓸쓸하고 애잔하게 한다. 그러나 이 애상의 느낌은 허무한 비애가 아니고, 쓰다듬고 보듬어오는 비애감이다. 용담을 바라보며 이런 애상에 젖어보는 것은 가을이 내게 주는 큰 축복이고 은총이다.

용담의 꽃말은 '슬픈 당신을 사랑합니다'이다. 행복하고 기쁠 때가 아니라 쓸쓸하고 슬플 때 그리고 외롭고 힘들 때의 당신을 사랑한다는 말이다. 어쩜 이리도 꽃과 잘 어울리는 꽃말인지 모르겠다. 마음이 아프고 허전할 때, 슬프고 힘겨울 때 청보랏빛 꽃을 바라보면 그 꽃에서 말할 수 없는 위로와 잔잔한 평화를 맛보게 되는 경험을 나는 수차례 체험했다. 용담의 꽃말은 그냥 갖다 붙인 꽃말이 아니라 나와 같은 경험을 한 수많은 이들의 체험담이 쌓여 붙여진 꽃말일 것이다.

용담이 가진 단정하고 아름다운 자태와 시리도록 푸른 꽃 빛깔이 전해주는 말은 분명히 '슬픈 당신을 사랑합니다'이다.

이 가을 마음이 아프고 슬픈 이들이 있다면 용담을 찾아와 이 꽃 앞에서 "슬픈 당신을 사랑합니다"라고 위로해주는 용담의 말을 꼭 들으면 좋겠다. 아마 짓눌렸던 가슴이 평안해지고 가을 하늘처럼 맑은 영혼으로 용담의 미소에 같이 미소 지을 것이다.

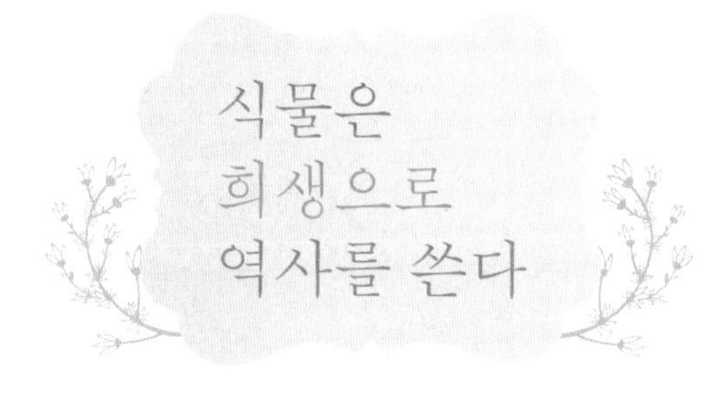

식물은 희생으로 역사를 쓴다

가랑비가 깊은 가을을 흠뻑 적시도록 내린다. 새벽녘에 한참을 내린 굵은 빗줄기가 길 위의 떨어진 잣나무 잎을 다 쓸어갔는지 어제까지만 해도 발밑에 밟히던 잣나무 바늘잎이 말끔히 치워졌다. 그 대신 낙엽을 재촉하는 비에 떨어진 단풍나무 가랑잎들이 소복이 쌓여 계절은 어느덧 늦가을의 끝자락에 와 있음을 실감케 한다. 잔디광장 위쪽에 늘어서 있는 낙엽송도 완연한 금빛으로 물들어 어두컴컴한 숲길을 밝히고 있다.

비가 오는 가운데도 정원사들은 말라서 시든 식물들의 잔해를 베어내느라 분주하다. 여름과 가을을 아름답게 장식했던 여러 종류의 식물들이 이제는 갈색으로 변해 마른 채로 서 있는 모습이

+ 나무수국의 시든 꽃송이

정원 여기저기에 가득하다.

해마다 이맘때가 되면 덧없는 풀꽃들의 운명이 가여워 쓸쓸한 늦가을을 보내곤 했는데 올해는 비까지 자주 내리니 식물들을 떠나보내는 마음이 애달프기 짝이 없다.

여름에 연두색으로 피기 시작해 엄마의 젖가슴처럼 풍만하고 하얀 꽃송이를 늘어뜨렸던 나무수국의 시든 꽃송이들도, 눈부셨던 모습은 간데없고, 이제는 말라붙은 갈색의 덩어리를 매달고 있을 뿐이다. 초가을, 벌과 나비를 초대해 홍건한 꿀 잔치를 벌이던 꿩의비름도 벨벳 같았던 꽃송이가 딱딱하게 굳어버렸다.

여름날 이글거리던 태양 아래서도 화려한 색감으로 당당히 정원의 왕좌를 차지하던 플록스들도 이제는 누렇게 말라 변해버렸다.

쇠잔해진 식물들이 서 있는 정원을 돌다 보면 여행지에서 둘러보던 유럽의 고성들이 생각난다. 예전에 고성의 매력에 푹 빠져 천 년이 넘은 무수한 고성의 위용에서 옛날 번영기의 영화를 엿보기도 하고, 성이 품고 있었을 수많은 전설과 이야기를 유추해보며 여행한 적이 있다.

성을 건설하고 그 안에 살았을, 또 그 성을 지키기 위해 목숨을 바치기도 했을, 오랜 시간 속의 수많은 사람들의 이야기가 무척 궁금하기도 했다. 비단 왕이나 영주가 아니어도 전투를 치르다 죽었을 일개 병사들 삶의 이야기들이 얼마나 많을까? 역사 속에 묻힌 채 고색창연한 돌 성벽만 남아 있는 고성을 보며 느꼈던 삶의 무상함이 이 늦은 가을날 정원에서 느껴진다.

그러나 늦가을의 정원에서 느끼는 삶의 무상함은 고성의 성벽을 바라보며 느꼈던 그것과는 본질적으로 다르다. 식물의 세계는

인간 세상과 달리 빗나간 욕망이나 이기심이 빚어낸 다툼과 경쟁이 없다. 역사 속에 점철된 전쟁의 흉터로 얼룩진 인간사와 달리 식물은 씨앗 안에 정해진 프로그램대로 환경에 맞춰 최선을 다해 잎을 내고 꽃을 피우며, 열매를 맺고 시들어 죽는다. 어린잎은 동물의 먹이가 되기도 하고 산소를 내뿜어 인간을 이롭게 하며, 꽃은 곤충을 초대해 꿀을 대접한다. 그리고 가을에 맺은 열매는 새의 먹이가 되면서도 종을 퍼뜨리는 수단으로 쓰인다.

가을에 떨어진 낙엽은 야생화들의 따뜻한 이불이 되어 추위에 그 연약한 것들이 얼어 죽지 않도록 보호하고, 마침내는 기꺼이 썩어서 다른 식물을 길러내는 양분이 되기도 한다. 빼앗고 뺏기는 대신에 양보하고 서로 보충하며, 조화롭게 살다 마침내는 희생을 감수하는 식물의 세계를 정원에서 볼 수 있기 때문이다.

이 가을날 내가 느끼는 애상은 계절의 순환 속에서 자신의 소임을 다하는 나무와 풀꽃들이 전해주는 비장한 삶과 운명에 대한 애달픔이다. 그래서 떨어진 단풍나무의 낙엽이 더없이 아름답고 말라붙은 나무수국의 꽃송이도 장하게 느껴진다.

어느새 이런저런 생각을 하며 정원을 돌다 보니 에덴정원에 이르렀다. 바람결에 억새 잎들이 서로 부딪치며 서걱대는 소리를 낸다. 한 해의 일생을 참 순하고 장하게 살다가 미련 없이 훌훌 털

어버리고 떠나는 풀꽃과 나무들이 내게 전하려는 만추의 속삭임
이 아닐까?

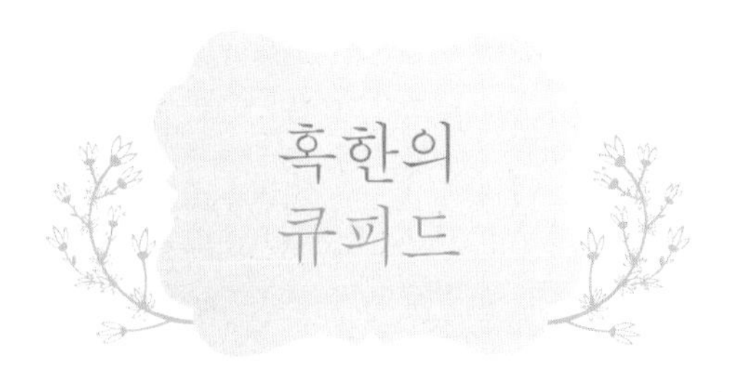

혹한의 큐피드

오늘 아침 서울 기온이 영하 16도라고 일기예보에서 잔뜩 겁을 주어 있는 대로 옷을 껴입고 나왔는데도 정말 무서우리만치 날씨가 춥긴 춥다. 여기는 가평 산골짜기라 오늘 새벽 수은주가 영하 23도를 기록했다. 정말 기록적인 추위다.

'오색별빛정원전'이 제아무리 화려하고 아름다워도 이 추위에 누가 감히 이 산속에 올까 싶어 주인인 나라도 불 밝힌 외로운 정원을 돌아봐야겠다고 남편과 함께 점등 시간에 맞춰 문을 나섰다.

아니 그런데 이게 무슨 일인가! 어둠이 내려앉는 정원으로 걸어 들어가는 사람들의 그림자가 보이더니 정원에 불을 밝히니 언제 어디서 모여들었는지 수백 명은 될 법한 관람객들이 "와~" 하는 탄성을 지르는 것이 아닌가?

세상에! 이렇게 추운 밤에 이 산속까지 사람들이 와주다니! 나는 그저 놀라 입이 다물어지지 않을 뿐이다. 일을 벌인 장본인인 나도 전혀 예상치 못한 결과에 놀라면서도 감사하다. 좀 따뜻한 날에 오시지 하필 이 추운 날에 오셨는지 원장으로서 죄송하고 안쓰럽다. 그래도 관람객의 얼굴들을 보니 하얀 김을 내뿜으면서도 연신 싱글벙글이다.

뿌듯한 심정이 되어 추위도 잊은 채 사람들 틈에 섞여 나도 하경정원으로 들어섰다.

이틀 전에 잔뜩 내린 하얀 눈이 나무들 위에 소복이 쌓여 불빛을 받으니 더 아름답다. 하경정원 아래에 있는 전망대에 올라서서 위쪽을 바라보는 풍경이 가장 볼 만하다. 위쪽으로 거대한 주목들이 오색의 별빛으로 옷을 입고 빛나며, 초록빛을 입은 소나무들이 군데군데 멋진 자태를 드러내며 서 있다. 크고 작은 나무들도, 화단도 빛의 옷을 입히니 정원은 잎과 꽃이 피었을 때보다도 더 찬란하다.

올해는 정원 중앙에 있는 단풍나무를 진분홍색의 LED 전구로 감아 포인트를 주었더니 정원 전체가 더 화사해진 느낌이다. 매해 겨울밤 수없이 보고 또 보는 풍경이지만 정말 눈이 즐겁고 마음

이 환해진다. 오늘 바라보는 풍경은 하얀 눈이 배경이 되어 유독 눈부시게 아름답다.

하늘정원으로 향하는 하늘길에는 올해 테마인 '사랑에 빠지다'와 어울리는 하트 모양의 조형물들을 여러 개 세워놓았다. 작년까지만 해도 황금의 말이 끄는 '신데렐라의 호박마차'가 관람객들의 인기를 독차지해서 줄지어 사진들을 찍는 모습이 보였는데 올해는 하트 모형에 더 많은 사람이 몰려 줄지어 사진을 찍는다.

사랑의 상징물인 하트 모형이 인기가 대단한 걸 보면 '역시 사랑만큼 사람들이 좋아하고 목말라하는 것이 없구나' 하는 생각이 든다.

하늘길 위쪽에 설치해놓은 하트 모형을 향한 '큐피트의 화살'은 인기가 폭발해 좁은 길에 줄을 얼마나 길게 서서 기다리는지 주인이 보기에 미안하고 민망할 지경이다.

사랑하는 가족들과 연인끼리 꽁꽁 언 손을 붙잡고 하트 모형 안에서 환하게 미소 지으며 사진 찍는 모습들을 바라보면 추운 날씨지만 마음이 훈훈해진다. 사랑하는 사람들과 함께 꿈속 같은 별빛 세상을 바라보며 동심에 젖어 환하게 웃을 수 있는 공간과 시간을 연출한 사람으로서 뿌듯한 마음이 그지없기 때문이다. 사랑의 마음은 전염되는 것일까! 나도 슬며시 남편의 손을 꼭 맞잡고 온기를 나누며 추운 밤길을 걸어 내려왔다.

3부

희망을 건네는 정원

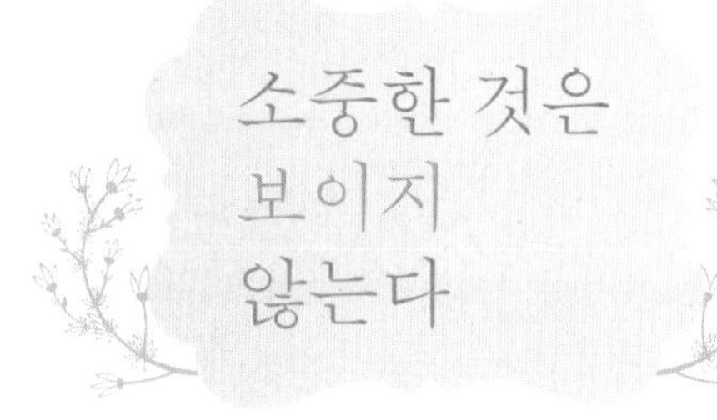

소중한 것은 보이지 않는다

지난 몇 주 동안 숲 해실가 신생님들과 함께 새와 나비에 대해 교육을 받았다. 언제부터인가 아침고요정원에서 지저귀는 새소리가 정말 좋고, 날아다니는 새를 보면 이름도 궁금해져서 새에 관해 공부를 해보고 싶던 차였다. 벼락치기 공부라 그 새가 그 새 같고, 이름도 자꾸 잊어버려 수없이 반복해서 겨우 몇 종류의 특징과 이름을 익혔다.

오늘은 마지막 강의를 듣고 선생님을 따라 새를 관찰하기 위해 쌍안경을 목에다 걸고 정원으로 다들 나섰다. 하늘이 잔뜩 흐리고 비가 몇 방울씩 떨어지는 이런 날씨에는 새들이 잘 날아다니지 않는다고 한다. 그래도 호기심 어린 눈빛으로 빈 나뭇가지들을 쳐다보며 열심히 새를 찾아보았다. 아무리 두리번거려도 내 눈에는 보이지 않는데 앞서 가던 선생님이 "쉿!" 입에 손을 대고, 손가락을 들어 저 앞에 있는 작은 나무를 가리킨다.

+ 곤줄박이

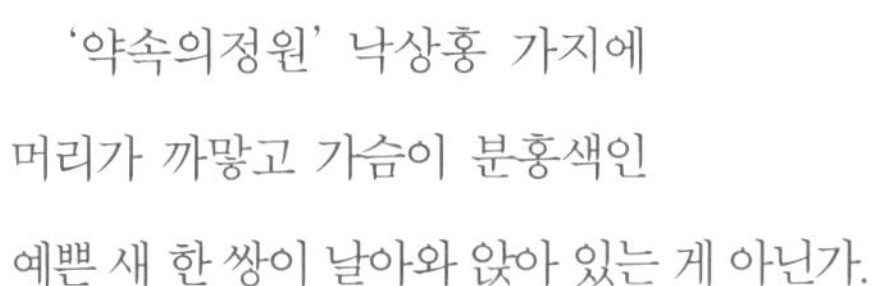

'약속의정원' 낙상홍 가지에 머리가 까맣고 가슴이 분홍색인 예쁜 새 한 쌍이 날아와 앉아 있는 게 아닌가.

"저게 무슨 새더라, 분명히 방금 전에 배웠는데……."

입 안에서 새 이름이 뱅뱅 돌고 있는데 머리 좋고 열심히 공부한 한 학생이 "멋쟁이다!"라고 나지막이 외친다. 그러고 보니 정말 여러 번 영상으로 본 멋쟁이의 모습이다. 멱과 뺨이 붉고, 등은 회색이며 가슴은 분홍색이 도는 영락없는 멋쟁이가 저만치에 앉아 종종거리며 있다. 보물이라도 발견한 듯 가슴이 뛰고 어린애처럼 신이 난다. 좀 더 가까이에서 보고 싶어 앞으로 몇 걸음 다가서려는데 호르르 날아가 버린다.

"아이고 저런……."

모두들 안타까운 표정들이다. 그래도 그 짧은 순간에 재빨리 사진을 찍은 분들도 있는데 나는 육안으로도 찬찬히 살펴볼 겨를조차 없었다. 내가 굼뜬 건지 새들이 재빠른 건지 날아다니는 뒤꽁무니만 쫓다가 결국은 시야에서 놓치고 말았다.

일행들과 새를 좀 더 관찰하고 싶었지만, 약속이 잡혀 있어 먼저 걸어 나오는 길이었다. 흐린 하늘 위로 새들이 얕게 날아다니며 '쯔으삐이, 쯔삣' 경쾌한 노래를 불러댄다.

걸음을 멈추고 소리에 귀를 기울이니 나무에 앉아 있는 새들이 보이기 시작한다. 이 새 소리는 박새과의 '곤줄박이'라고 배웠는데 쉴 새 없이 이 나무에서 저 나무로 쪼르르 무리 지어 날아다니는 것을 보니, 분명 '곤줄박이'가 맞는 것 같다. 새들을 쫓아 관목들 사이를 비집고 수풀 더미도 디뎌보고, 숨바꼭질하듯 바위 뒤로도 쫓아가 보지만 새들은 굼뜬 나를 놀리듯 잽싸게 달아난다.

"얄미운 것들 같으니라고, 이 할미를 갖고 노네."

숨이 차서 헐떡거리며 내뱉은 말을 저놈들은 알아들을까?

그러다 시간이 늦어 허둥지둥 걸어 나오는데 고향집정원에 있는 작은 나뭇가지 위에 한 마리 곤줄박이가 얌전히 앉아 있는 것이 눈에 뜨였다. 살금살금 걸어가 가까이서 바라봐도 도망갈 생각을 하지 않고 이리저리 자세를 고쳐 앉으며 망중한을 즐기는 것 같다.

카메라를 얼른 꺼내 녀석을 카메라에 담고, 찬찬히 살펴보니 머리, 뒷목 그리고 멱이 검은색이고 등과 배는 주황색을 띤 아주 귀여운 녀석이었다. 통통하게 살이 오른 게 여간 사랑스럽지 않다. 이제 말을 배우기 시작한 세 살 난 손주 녀석을 보듯 입가에 미소가 절로 번진다.

"한번 노래 좀 해보렴!"

속으로 주문을 외치자마자 녀석이 호르르 날아오르며 그 맑은 목소리로 지저귀며 사라진다. 아! 저 소리! 세상의 그 어떤 소리보다도 사랑스럽고 기쁨을 실은 소리다.

3월은 봄에 속하는 계절이지만 봄은 땅속과 나뭇가지 속으로만 왔을 뿐 나무들은 아직 앙상하고 들판은 누렇거나 갈색빛을 띠고 있어 정원은 겨울 모습을 그대로 지니고 있다. 눈 녹은 물이 계곡을 타고 내리며 봄기운을 느끼게 하지만 아직은 삭막하고 쓸쓸한 겨울 풍경 그대로다. 풍경이 쓸쓸하니 적막한 정원에 퍼지는 새들의 노랫소리가 오히려 경쾌하다.

지난봄에는 화사한 봄꽃에 가려 새들이 보이지 않았다. 그리고 짙은 여름 숲에서는 우렁찬 계곡물 소리에 가려 새들의 노랫소리가 들리지 않았는데 꽃도 없고, 잎도 사라진 적막한 겨울의 끝자락에 사랑스러운 새들의 모습이, 새들의 아름다운 노랫소리가 비로소 잘 들린다. 그 새는 봄이고 여름이고 가을이건 간에 그 숲에서 여전히 지저귀고 있었을 텐데 말이다.

때로는 내가 중요하다고 생각하는 것이 사라지고 난 뒤에 비로소 더 소중하고 귀한 것이 눈에 들어오고 보이는가 보다. 그리도 아름다운 산새가 그 숲에 살고 있었어도 다른 화려한 꽃과 풍성한 나무에 가려 잘 보이지 않듯이, 정말 소중하고 귀한 것들이 나를 둘러싸고 흔하지만 보이지 않게 있어준 게 얼마나 고마운 일인지 모른다. 그러니 내가 중요하다고 하는 것들이 사라질 때, 열심히 쫓아 살던 그것들이 물거품처럼 사라질 때 그리 허무하다고 연연해하지 않아도 될 것이다. 그런 것들이 사라지면 늘 내 옆에 있던 다른 소중하고 귀한 것들이 비로소 내게 기쁨과 또 살아야 할 이유를 발견하도록 할 테니까.

그동안 수없이 무심히 지나치며 보아왔던 새들을 오늘에서야 처음으로 제대로 만나고 이름을 불러준 이 기쁨을 잊지 못할 것 같다.

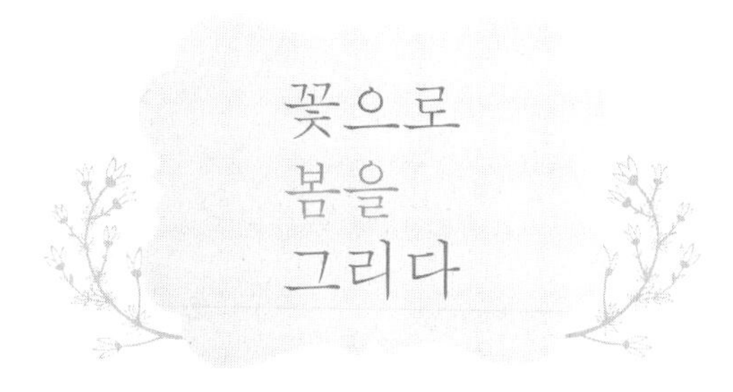

꽃으로 봄을 그리다

황사가 지나가고 맑은 햇빛이 쏟아지는 봄날이다.

하경정원을 들어서니, 위아래 양쪽 연못에서 개구리 울음소리가 요란하다. 겨우내 얼음장 밑에 잠자던 놈들이 연못에 알을 까고 신이 나는지 울어댄다. 며칠 전만 해도 꽃샘추위로 움츠러들었던 나무들이 오늘은 훈훈한 봄바람에 가지를 흔들어대며 개구리 합창소리에 박자를 맞춘다.

아직 나무들은 잎사귀 하나 틔우지 않았지만, 가지 끝에 물이 올랐는지 봄기운이 물씬 묻어난다. 제일 먼저 꽃을 피우는 나무 히어리가 얼마 전부터 꽃봉오리를 터뜨리려고 벼르고 있었는데 그만 꽃샘추위로 내밀지 못하다가 오늘 드디어 꽃봉오리를 터뜨

+ 크로커스

렸다. 노란 꽃잎이 손톱 반만큼 조심스레 살집을 내놓은 게 무척 사랑스럽다.

이제 며칠만 더 포근하면 꽃잎이 다 삐져나와 귀고리를 찰랑거리며 재잘대는 아가씨들처럼 노란 꽃 사슬을 주렁주렁 달고 있을 것이다.

길가 잔디밭 옆을 둘러보니 벌써 크로커스Crocus가 올망졸망 피어 있는 것이 보인다. 크로커스는 봄에 피는 알뿌리식물 중에서도 제일 먼저 꽃봉오리를 내미는 것이어서 나는 '봄새내기'라는 우리말 이름을 몇 해 전에 지어주었다. 보라색과 진노랑색 꽃들이 땅에 달라붙어서 꽃봉오리를 내민 것이 어찌나 앙증맞은지 마치 네 살배기 손녀딸 같다.

양지쪽 따스한 햇살에 봉오리를 한껏 벌렸다가 해가 지고 기온이 내려가면 봉오리를 꼭꼭 닫아 추위에 몸을 보호하는 기특한 요정들이다. 작년 늦가을에 처음으로 흰색의 '봄새내기'를 심었는데 정말 어김없이 3월이 되니 흰색의 순결한 꽃을 피워올린다. 아직은 겨울 그대로인 누런 금잔디 위에 순백의 '봄새내기' 꽃이 무리 지어 피어 있으니 마치 조화造花를 땅에 꽂아놓은 듯하다.

아! 봄은 이렇게 시작되는구나. 죽음과 같은 무채색의 대지 위에 노랑 · 보라 · 흰색의 싱그러운 꽃이 피고, 죽은 것 같은 마른 가지 끝에 노란 꽃 사슬이 매달리는 극명한 대비를 이루면서 말이다.

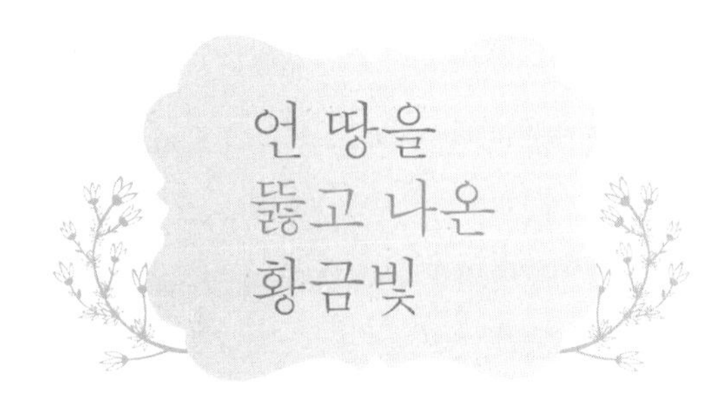

언 땅을 뚫고 나온 황금빛

지난주 며칠간 기온이 올라가다가 어김없이 올해도 꽃샘추위가 찾아왔다. 봄비가 제법 오더니 아침 기온이 영하로 뚝 떨어져 그동안 애써 녹았던 땅이 도로 얼어붙었다. 며칠 전 한국정원 내 초가삼간 옆에 피었던 복수초가 괜찮은지 걱정되어 한국정원으로 발길을 돌렸다.

비록 추운 날씨지만 햇볕이 잘 들어서인지 복수초가 꽃잎을 활짝 열고 여전히 생글거리는 얼굴로 날 반긴다. 외진 곳에 심어 놓아 사람들의 발길이 닿지 않아서인지 이렇게 어렵사리 꽃을 피웠는데 봐주는 이가 없어 애처로운 생각이 든다. 몇 년 전 목련나무 밑에서 드문드문 피기 시작했는데 올해는 옹기종기 제법 군락을 이뤄 예쁘게 피었다.

+ 복수초

복과 장수를 가져다주는 꽃이라 해서 '복수초'라 부르는 이 꽃은 매년 이른 봄 언 땅을 뚫고 나와 제일 먼저 꽃을 피우는 우리나라 야생화다. 뿌리에서 나온 꽃대 끝에 노란색 꽃이 하나씩 피는데, 겨울 동안 땅을 덮고 있던 낙엽들을 헤치고 샛노란 얼굴을 내민 이 꽃을 보면 정말 자연의 섭리가 경이로울 정도다. 언 땅을 뚫고 나오기 쉽도록 잎은 가늘고 짧게 갈라져 있고, 꽃은 노란색이라고 표현하기에는 너무도 밝아서 반짝이는 황금빛이라고 해야 맞을 것 같다.

자세히 들여다보면 열네댓 장의 황금빛 꽃잎은 가느다란 실무늬가 쳐져 있어 비단결같이 곱다. 더 진한 노란색의 수술들을 꽃밥 위로 올려 꽃잎을 장식해주니 마치 옛날 중국 황제의 아리따운 비같이 귀티가 난다. 아마 이 같은 꽃의 모습이 복과 장수의 이미지를 연상시켜 '복수초'라는 이름이 붙은 것 같다.

복수초가 핀 즈음이면 나는 언제나 카메라를 들고 복수초가 심긴 야생화산책길과 초가삼간 옆을 기웃거린다. 날이 따뜻해서 봄이 일찍 오는 해에는 2월 말에도 싹이 올라온 것을 볼 수 있다. 검은 녹색 잎이 눈 덮인 땅을 뚫고 솟아오르는 모습을 볼 때마다 생명의 경이가 느껴진다. 차가운 흙과 얼어붙은 눈도 이 생명의 기운을 막지 못하는 걸 본다. 이 작은 복수초 싹이 품고 있는 생명의 의지가 너무도 결연하여 감히 누구도 대항하지 못하는 것처럼 보인다.

드디어 따스한 햇볕이 '어서 힘내서 나오라'고 응원하는 박수에 쏘옥 고개를 내민 복수초, 녀석이 처음 보는 세상은 얼마나 눈부셨을까? 잔뜩 웅크리고 딱딱한 땅에 부딪치며 아픔을 참고 나와 보는 세상은 얼마나 신기했을까?

성질이 급한 녀석이라 제일 먼저 나오기도 했지만, 꽃대도 잎이 다 자라기도 전에 올려서 먼저 꽃을 피운다. 이렇게 고생하고 애써 세상에 나왔으나 누구 하나 환영해주는 이 없는 것 같다. 그래서 나는 이 애들이 필 때쯤이면 자주 이 산책길을 찾아와 응원해주고 환영한다.

"복수초야! 정말 고생했다. 그래! 정말 장하다. 너의 그 황금빛 반짝이는 꽃잎을 보면 왠지 모르게 가슴이 뛰고 희망이 솟아난단다."

인적이 거의 없는 3월의 산책길에서 나는 나 혼자만 이렇게 복수초와 말을 나누는 줄 알았다. 돌아서 일어서려다 보니 나보다 먼저 환영 나온 봄바람이 벌써 한 바퀴 돌다 가는 듯싶다.

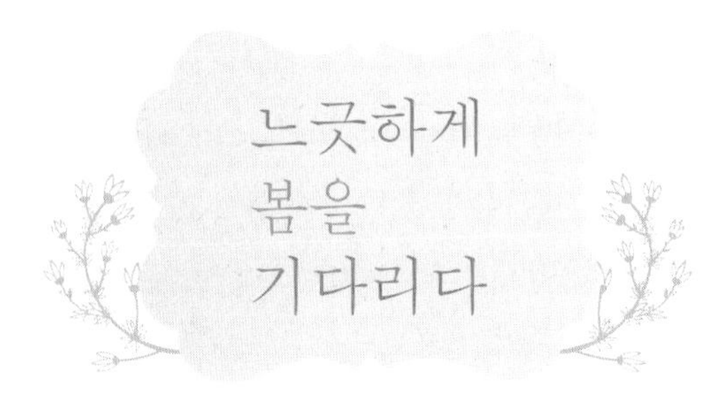

느긋하게 봄을 기다리다

아직 바람은 차지만 햇볕은 따뜻하다. 아이리스정원에 있는 작은 연못에 개구리 울음소리가 우렁차다. 사람 발소리가 들리면 금세 이놈들이 조용해져서 살금살금 까치발을 들고 조심스레 접근했는데 그리 시끄럽게 울던 놈들이 어떻게 인기척을 귀신같이 알아챘는지 쥐 죽은 듯 고요하다. 미처 물속으로 들어가지 못한 놈들이 텀벙텀벙 물속으로 뛰어들어 숨는 꼴이 웃음을 자아낸다.

개구리들은 벌써 알들을 여기저기 무더기로 낳아놓고 목청에 잘 크라는 염원을 담은 듯 열심히 울어댄다. 아침고요정원 내에 물이 조금이라도 고여 있는 작은 연못이나 웅덩이에는 개구리들이 알을 낳고 울어대서 이맘때는 항상 개구리 소리로 수목원이 떠나갈 지경이다.

이 개구리 합창을 들으면서 나무들이 힘을 내어 물을 빨아올리고 꽃눈을 터트릴 준비를 하는지, 이른 봄꽃의 개화가 있기 전 몇 주간 개구리가 합창해대야 비로소 꽃들이 기지개를 켠다. 오늘 보니 생강나무의 꽃눈이 아기 손톱만큼 벌어지고 히어리도 그 여린 살집을 조금 내놓고 있다.

아침에 정원을 돌면서 서화연 주변에서 나비 한 마리를 보았다. 이렇게 이른 봄에 나비를 보기는 처음이라 너무 신기했다. 어디에 꽃이 피어 있기에 벌써 나비가 나는지 주위를 둘러보니 어느새 풍년화가 탐스럽게 피어 있지 뭔가!

아침고요정원에서 봄 나무에 피는 꽃 중에 가장 먼저 피는 풍년화는 꽃이 풍성하게 피면 그해 풍년이 든다고 해서 붙여진 이름이다. 가늘고 긴 노란 꽃잎이 나뭇가지에 다닥다닥 붙어 핀 이 꽃은 색이 선명하지 않아 얼른 눈에 띄지 않지만, 향기는 은은하면서도 달콤하다. 이 향기로 벌써 배고픈 나비를 초대하고 꽃가루와 꿀로 융숭한 대접을 한 것 같다. 눈에 잘 보이지 않고, 귀에 잘 들리지 않지만 아침고요 내에 자연 생태계가 조화와 균형을 이루며 훌륭히 유지되고 있음에 감사함을 느낀다.

+ 풍년화

항상 이맘때쯤이면 봄이 더디 온다고 안달이 나서 봄을 기다리며 조바심을 냈었다. 무슨 꽃이 피었는지 하루에도 몇 번씩 발걸음을 해서 확인하고, 꽃들이 어서 흙을 헤집고, 꽃눈을 터뜨리고 피기를 고대하면서 말이다. 그러다가 꽃샘추위가 오고 바람이 몰아치면 봄이 늦어져 속상해하고, 꽃들이 안쓰러워 애태우면서도 말이다. 그러기를 십수 년……, 올봄엔 왠지 마음이 느긋하다. 그러자고 작정을 한 것도 아닌데 꽃을 기다리는 열정이 식은 걸까?

그렇게 애태우며 기다리던 봄이 왔는가 싶으면 너무도 짧게 사라져버리는 것을 반복하다 보니 아마 아쉬움과 아픔이 커서 마음속에 자동으로 방어기제가 생긴 모양이다. 그렇게 개화를 기다리고 꿈꾸다가 만난 꽃잎이 며칠 만에 시들고 떨어지는 짧은 만남이 되어버려 이젠 그 짧은 만남이 싫어서, 차라리 그럴 바에야 느긋이 기다리며 봄이 오는 발걸음 소리를 듣는 것을 즐기고 싶어졌나 보다. 아니면 꽃샘바람이 불건, 영하의 날씨로 곤두박질하건 간에 어김없이 꽃은 피고야 만다는 만고의 진리를 이제야 몸으로 체득한 것일지도 모르고…….

암튼 조바심을 내지 않고 봄이 땅속으로부터, 나무속으로부터 오는 모습과 소리를 보고 듣는 것이 평온한 기쁨으로 다가온다. 어쩌면 봄을 맞이하는 이 기다림과 설렘을 더 오래 그리고 평화롭게 누리고 싶은 바람이 이제야 생겼나 보다. 세상의 모든 꿈과 사랑도 이루어가는 과정이 더 아름다웠다는 것을 이제는 알게 되었듯이 말이다.

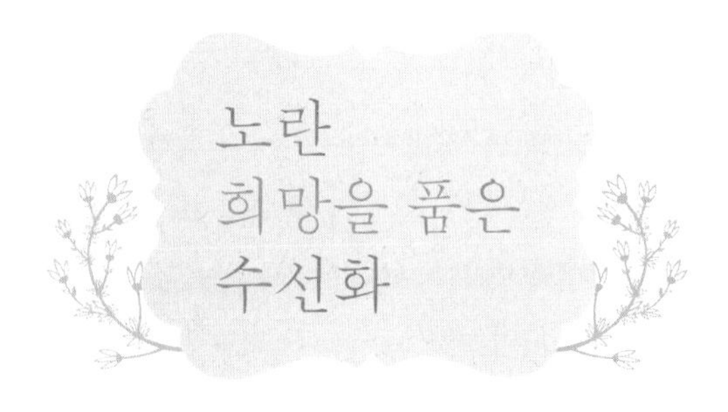

노란 희망을 품은 수선화

이런 날씨를 두고 '호랑이가 장가가는 날'이라고 사람들이 부르던가. 아침만 해도 좀 춥긴 했어도 맑은 하늘이 보였는데 점심때가 되니 바람이 세게 몰아치고 하늘에선 눈발이 쏟아진다. 회오리바람이 아직도 남아 있는 낙엽을 하늘로 들어 올려 눈비와 함께 흩뿌리니 하늘에서 낙엽 비가 오는 것 같다. 온종일 해가 나다 눈비가 오락가락하는, 정말 변덕스럽고 이상한 날씨라 '여우가 시집가는 날'이라 하는가 보다.

며칠 전엔 아주 따뜻한 날씨 덕에 히어리도 피고 산수유도 활짝 피었는데 이렇게 바람이 불고 기온이 내려가니 꽃들이 감기에 걸릴 것만 같다. 이른 봄에 피는 꽃들은 이렇게 해마다 이어지는 꽃샘추위와 강풍에 고생하지만 이젠 '그러려니' 하고 이력이 났는지 오늘 같은 날씨에도 아랑곳하지 않고 의연하게 버틴다.

온종일 요란을 떠는 날씨를 탓하지만 변덕스럽기는 내 마음도 마찬가지다. 몸 상태가 좋을 때는 의욕이 넘치고 이것저것 간섭도 하며 일을 챙기다가도 요즘 몸이 많이 피곤하고 기력이 달리다 보니 매사에 자신감이 떨어지고 의기소침해진 나 자신을 발견한다. 주어진 의무 때문에 기를 쓰고 출근해서 일을 하고는 있지만 요즈음 만사가 귀찮고, 사는 것도 시들해 우울감이 자꾸 감싸온다. 며칠간 감기까지 겹쳐 입맛이 없다 보니 생활이 더 힘들다.

애들한테 이런 얘길 하니까 "엄마, 30대인 우리도 그럴 때가 많은데 60세가 넘은 엄마가 그러는 건 당연하지"라며 위로는커녕 핀잔만 먹었다.

나이가 들고 조금씩 노화를 경험하면서 느끼게 되는 서글픈 마음 한 자락 끝에선 늘 부모님 생각이 난다. 그분들도 이런 마음으로 자신의 현실을 마주하며 늙어가셨겠지……. '참 외로우셨겠구나' 하는 생각이 요즘 들어 부쩍 많이 든다.

날씨도 그렇고, 기분도 흐린 점심나절 심어놓은 튤립을 보기 위해 오후 [illegible] 정원으로 향했다. 지난 늦가을에 심어놓은

것들은 이제 겨우 잎사귀들을 뾰족뾰족 내밀었을 뿐 꽃이 피려면 몇 주는 더 기다려야 했다. 때문에 직원들은 농가에서 계약 재배를 한 튤립을 그 사이사이에다 심고 있었다. 지난 한 주일 내내 심어온 튤립을 다 점검하고 내려오는 길, 매화정원 아래에 심어놓은 수선화가 한두 개씩 눈을 뜬 모습이 보인다. 며칠 전만 해도 붓끝처럼 말린 노란색의 꽃봉오리들만 내밀고 있었는데 몇 송이가 그 봉오리를 풀어 헤치고 드디어 눈을 뜬 것이다.

처음으로 눈을 뜨고 세상을 보는데 하필이면 이런 날씨라니. 가여운 생각이 들어 화단으로 들어가 먼저 눈을 뜬 수선화를 자세히 보니 눈비에 고개를 쳐들지 못하고 처져 있다. 그래도 잎사귀들이 튼실하게 올라와 벌써 한 뼘씩이나 키가 큰 걸 보니 무척이나 대견하다. 그 추운 날 동안 땅을 헤집고 힘차게 쑥쑥 자란 수선화를 보니 생명의 힘이 느껴진다. 그 힘찬 기운이 내게로 전달되어 의기소침했던 마음에 갑자기 노란 희망이 솟아오르는 걸 느꼈다.

수선화는 한 번 심어놓으면 해가 묵을수록 알뿌리가 튼실해져 해마다 꽃을 잘 피운다. 추위에도 강해 구근식물 중에서는 크로커스 다음으로 빨리 언 땅을 뚫고 나와 잎을 키우고 꽃 피울 준비를 한다. 생김새만 봐서는 너무 고고하고 기품이 있어서 연약할 것 같은데 실제로는 강인하고 근기가 있는 꽃이다.

튤립의 알뿌리는 한 해만 지나면 퇴화하기 때문에 해마다 심어야 해서 비용 부담이 크지만, 수선화는 한 번 심어놓으면 근기가 있어 해마다 볼 수 있는 알뜰 구근이다. 겉모습만 봐서는 알 수 없는 수선화의 숨겨진 수수함이다.

꽃잎처럼 보이는 여섯 개의 화피 갈래 조각과 그 안에 나팔 모양이나 컵 모양의 덧꽃 부리가 조화를 이룬 꽃의 자태는 정말 균형미가 뛰어나고, 단아하면서도 우아한 아름다움이 있다. 얼마나 아름다웠으면 샘에 비친 자신의 모습을 사랑하다 빠져 죽게 되었다는 수선화Narcissus의 신화가 만들어져 전해 내려올까. 꽃말도 그 모습에 어울리게 '순결', '고결' 또는 '신비', '자존심'으로 붙여졌다.

이 꽃을 가만히 들여다보고 있으면 수선화를 짝사랑하다 몸은 말라 없어지고 목소리만 남게 된 요정 '에코'의 애달픈 사랑 메아리가 들리는 듯하다.

이제 이 꽃샘추위가 물러가고 나면 힘차게 뻗은 잎 사이로 노랗고 하얀 수선화들이 모두 눈을 떠서 싱그럽고 환한 봄 햇살을 맘껏 즐길 수 있겠지. 그땐 나도 몸과 마음이 튼실해져 온화한 봄

햇살을 받으며 수선화가 봄바람에 흔들리는 노란 물결을 환희에 차서 바라볼 수 있으리라.

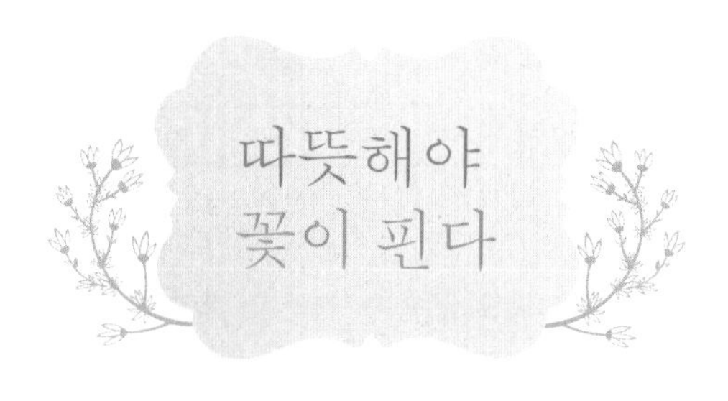

어제까지 며칠간 미친 듯이 찬바람이 불더니 오늘은 무슨 변덕이 들었는지 초여름같이 따뜻한 날씨다. 남쪽에서는 추운 날씨로 꽃이 피지 않아 매화 축제를 비롯하여 산수유 축제며 벚꽃 축제가 꽃 없는 썰렁한 축제가 되어버렸다고 한다.

꽃구경은 못하고 사람 구경만 실컷 하고 왔다고들 불평이 많았단다.

작년 개화기를 기준으로 일정을 잡고 행사를 기획한 지방자치단체들이 얼마나 애타게 꽃이 피기를 기다렸을지 짐작이 간다. 모르긴 해도 전국에서 꽃을 보려고 몰려들 인파를 생각하면 아마 축제를 주관하는 담당자들은 개화가 더딘 것 때문에 밤잠을 제대로 못 잤을 것 같다.

해마다 봄에 꽃이 피기를 기다리는 심정은 수목원 원장인 나도 그들과 다를 바가 없다. 긴 겨울 동안 검은 잿빛의 풍경에 이젠 그만 마침표를 찍고 화사한 봄빛을 바라보고 싶은 목마름이 스멀스멀 생겨나는 건 어쩔 수가 없다.

도시에 사는 저 사람들은 또 얼마나 봄이 그리울까?

4월이 되었으니 꽃이 피었겠지 생각하고 찾아오는 방문자들이 실망할까 봐 원장인 나도 개화를 기다리는 건 마찬가지다. 변덕스러운 날씨를 욕하면서도 행여나 따뜻한 바람이 불어오지 않을까 일기예보에 촉각을 곤두세우고 초조하게 개화를 지켜보는 요즘이다.

그렇게 애간장을 태우던 꽃들이 오늘 봄기운이 듬뿍 담긴 따뜻한 날씨에 한꺼번에 꽃 문을 열었다. 머뭇거리며 그렇게도 살집을 꽁꽁 싸매고 있던 히어리도 오늘 보니 꽃 사슬을 드디어 내려뜨렸고, 제일 먼저 꽃망울을 터뜨린 채 며칠을 그대로 있던 생강나무꽃도 만개했다. 활짝 핀 생강나무의 노란 꽃들이 폭죽이 터지듯 가지에 탐스럽게 피었다. 가지를 잡아당겨 향기를 맡으니 은은하고 소박한 향내가 그렇게 좋을 수가 없다.

| 산수유
+ 생강나무

한국정원 쪽으로 걸어가다 보니 산수유도 피기 시작해 드디어 노란 안개가 피어오르는 듯한 풍경이 보인다. 그러고 보니 이른 봄에 피는 꽃들은 전부 노란색이다. 제일 먼저 피는 풍년화를 비롯하여 생강나무, 히어리, 산수유도 노란색이니 봄은 노란 색깔로 시작된다.

색도 비슷하고 꽃 모양도 비슷하게 생겼을 뿐 아니라 개화기도 비슷하여 사람들이 종종 혼동하는 꽃이 생강나무와 산수유다. 며칠 전 모 주요 일간지 신문 전면에 실린 사진에도 생강나무를 산수유라고 표기한 걸 보았다.

간단히 정리하자면 생강나무는 꽃 색깔이 노란색이지만 산수유보다 좀 더 진한 형광빛을 띠고 있다. 산수유는 그에 비해 좀 더 맑은 노란색이다. 꽃도 생강나무는 가지에 붙어서 여러 개가 모인 다발로 피어 산수유보다 조금 더 풍성하고 꽃 술이 많아 보인다.

반면 산수유는 가지 끝에서 1, 2센티미터 조금 올라와 꽃이 피며 꽃이 좀 작은 편이다. 나뭇가지가 생강나무보다 풍성한 편이라 뭉게구름처럼 많이 핀다. 개화기도 생강나무가 산수유보다 약 일주일 정도 빠른 편이다.

생강나무의 꽃 내음을 맡고 산수유의 맑은 노란색 꽃을 보니 이젠 완연하게 봄이 온 것을 온몸으로 느낀다. 예년보다 열흘도 더 늦은 봄이지만, 그래서 날씨를 탓하고 원망했지만 봄은 왔다. 수많은 사람들이 꽃이 피기를 아무리 발을 구르며 재촉해도 피지 않던 꽃들이 따뜻한 바람을 몰고 온 봄기운에 일시에 문을 열었다.

기운이 조성되고 형성되어야 일이 이루어짐을 자연의 섭리에서 또 한 번 배운다. 아이들을 교육하고 사람들을 이끄는 일들도 몰아붙이고 재촉해서 되는 일이 아님을 새삼 꽃들의 개화에서 깨닫는다. 따뜻함이 감도는 조용한 기다림 속에서는 자발성이 생기지만 부담스런 강요는 마음을 더 꽁꽁 싸매도록 한다는 것을…….

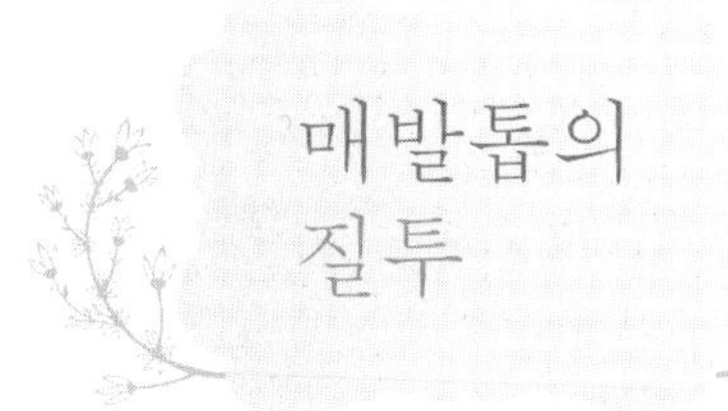

매발톱의 질투

2주 전부터 매발톱꽃이 피기 시작하더니 이제는 정원 여기저기에 지천으로 피어 있다. 능수정원과 매화정원 그늘에 그리고 석정원과 약속의정원 언덕에도 잘도 피었다.

십수 년 전 이 꽃을 처음 보았을 때 모양이 하도 신기하고 아름다워 매료당했던 기억이 새롭다. 위로 향한 꽃 뿔의 모습이 매의 앙칼진 발톱을 닮아 매발톱으로 불리게 된 것 같은데 전체 꽃 모양은 이름과는 전혀 다른 이미지를 풍긴다. 다소곳이 고개를 숙인 모습이며 옅은 갈색의 겉꽃에 노란 속꽃을 받쳐 입은 모습은 우아하고 기품이 있다.

[illegible] 짙은 하늘색을 닮은 청색의 겉꽃에

흰색의 속꽃을 겹쳐 입어 한결 청초한 모습을 하고 있다. 그냥 매발톱에 비하여 키는 좀 작지만, 꽃은 더 크다. 수목원 내 야생화 전시 온실에 많이 심겨 있어 4월 초순이면 꽃을 피우는데 이른 봄 하늘매발톱의 이 푸른빛 꽃잎이 피어나는 걸 보면 푸른 희망이 솟아오르는 것처럼 가슴속이 환해진다. 그래서 그런지 많은 야생화 동호인들에게 사랑받는 꽃이기도 하다.

서양에서는 이미 매발톱의 원예적 가치가 뛰어남을 인식하여 수많은 원예 품종들을 개량했다. 수년 전 유럽의 정원들을 방문하였을 때, 꽃의 크기도 다양하고 색상이 더 오묘해진 원예종 매발톱꽃을 보고 그만 반해버려 종자를 구입해서 우리 정원에 심었다.

하우스에서 발아를 시켜 이식, 삼식을 거쳐 정원에 내어다 심으면 그 이듬해에 꽃을 피우게 된다. 기다리고 기다려 드디어 그 오묘하게 아름다운 색상의 매발톱꽃을 볼 수 있었다. 핑크색의 겉꽃잎과 크림색의 속 꽃잎이 조화된 매발톱꽃 그리고 보라와 노란색의 꽃잎이 어우러진 매발톱꽃 등 다양한 색상의 매발톱꽃을 한동안 황홀하게 바라볼 수 있었다.

그러나 그것도 한 해일 뿐 그 이듬해에는 우리 토종 매발톱에 밀려 도입종 매발톱은 더 이상 찾아보기 어려웠다. 매발톱은 교잡이 잘 일어나는데 우리 매발톱이 유전 전이에서 우성이라 씨가 떨어져 새로 돋는 싹은 죄다 토종 매발톱이 된 것이다. 그리고 얼마나 번식력이 왕성한지 도입종이 서 있는 자리를 먹어 치워 도입종 매발톱은 그만 기세에 밀려 사그라지고 말았다.

해마다 씨를 구입해서 발아를 시켜 정원에 내어다 심어도 정원에서 여전히 기세가 등등한 것은 토종 매발톱이다.

식물들이 살아가는 걸 보면 어쩜 인간사와 그리도 똑같은지 참 웃을 때가 많다. 텃세하는 것이며, 상대가 더 예쁘고 잘나서 사랑받는 걸 보면 질투하고 못살게 구는 것이며…….

우리 매발톱의 그 모진 번식력이 얄밉다가도 가만히 생각해보면 살아남으려는 그 안간힘이 이해가 간다. 잘난 사람에게 뒤지지 않으려 자신이 가진 불리한 조건들을 극복하고 열등함을 뛰어넘으려는 의지가 읽혀서 안쓰럽기까지 하다.

어쩌면 이러한 열등감을 극복하고자 하는 의지가 사람들을 성공으로 이끄는 동인 역할을 하는 것 같다. 둘째 아이들이 위의 큰 아이들보다 부모의 관심과 사랑을 받으려고 더 애쓰는 생존력처럼 말이다. 모자람이 있고 결핍된 상태에 있는 것은 차고 넘치는 것보다 더 절실해서 이길 수밖에 없다. 성취하고자 하는 욕심, 더 [illegible] 자리를 빼앗는 토종 매발톱 같은

+ 토종 매발톱꽃

이들을 조금은 기특하고 안쓰러운 시선으로 바라볼 수도 있겠다는 생각이 든다. 사실 이런 사람들은 남에게 미움 받기 일쑤지만 말이다.

사실대로 말하자면 작년에도 그전 해에도 원예종 매발톱을 보호하려고 토종 매발톱이 씨를 맺기 전, 화단에 핀 걸 조금만 남기고 거의 다 뽑아버렸었다. 그런데 이게 웬걸! 올해는 혹시나 했는데 역시 꽃이 피는 것은 거의 다 토종 매발톱이다. 언제 씨를 맺어 퍼뜨렸는지……. 주인이 새로 도입한 원예종 매발톱에 시선을 빼앗기는 걸 도저히 눈 뜨고 볼 수가 없었나 보다.

그러나 어쩌랴! 첫 정이라 도저히 미워할 수 없는 우리 매발톱이니.

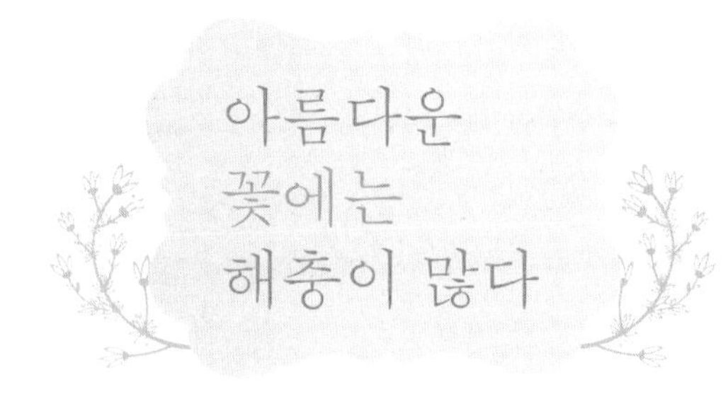

아름다운 꽃에는 해충이 많다

서둘러 서녁을 먹고 남편과 함께 저녁 산책에 나섰다. 예년 같았으면 요즘은 장마철이었을 텐데 장마가 늦게 북상을 하는지 뙤약볕이 내리쬐는 여름 날씨가 이어진다. 오전 내내 각 정원을 담당하는 직원들과 함께 정원을 돌아보며 모든 정원을 평가하는 시간을 가졌더니 어찌나 덥고 땀이 나는지 오후에는 정원에 나설 엄두가 나지 않았다.

해가 넘어가니 정원은 금세 서늘한 기운이 감돈다. 문을 나서자마자 마주치는 능수정원은 요즘 화려한 여름 꽃들이 피어 연중 가장 아름다운 풍경을 보여준다. 노란색의 사계원추리가 방긋거리며 만개하고, 엔사타 계통의 아이리스들이 곳곳에 고고한 자태를 뽐내며 피어난다.

몇 년 전 자생종인 보라색 꽃창포와 원예 도입종인 아이리스를 같이 섞어서 심어놓았다. 연보라, 진보라, 자주색의 큰 꽃잎들을 바람에 나부끼며 핀 아이리스는 언제나 이맘때쯤 내 가슴을 설레게 한다. 섬세한 꽃 모양과 꽃잎이 우아하고, 연한색부터 짙은 보라색 계통의 색감이 고고함을 자아내 많은 여성에게 사랑을 받는 것 같다.

나도 오래전부터 이 꽃에 반해 아이리스정원을 만들었는데 처음에는 독일 계통의 아이리스를 많이 심었다. 이후 700여 품종을 미국서 도입해 심어 그 풍성한 꽃을 정말 잘 감상하고 음미했다. 그러나 해가 거듭될수록 관리가 잘 안 되어 알뿌리 대부분이 도태되고 꽃이 잘 피지 않으면서 서서히 우리나라 자줏빛 꽃창포와 일본계의 원예종인 아이리스로 교체하였다.

이 꽃들은 해를 거듭할수록 뿌리가 늘어나 튼튼하게 정원에 자리를 잡고 해마다 6월의 중순을 아름답게 장식한다.

오늘도 그 아이리스를 만나기 위해 산책을 나섰는데 아니나 다를까 콩풍뎅이가 또 아이리스에 달려들어 꽃잎을 다 먹어 치우는 것이다.

[illegible] 아이리스를 먹어 치

워 아이리스를 보호하기 위한 비상을 걸었다. 아예 아주머니들을 고용해서 아이리스에 달라붙어 있는 까만 콩풍뎅이들을 잡아 물병에 넣어 익사시키는 방법을 쓰도록 한 것이다.

처음엔 나도 장갑을 끼고 풍뎅이들을 보는 대로 잡아 물병에 넣었다. 그런데 작년에는 어찌나 많이 몰려드는지 꽃이 피기도 전에 풍뎅이가 진액을 빨아 먹어 말라 죽는 일이 허다했다.

아이리스 옆을 지나가다 꽃잎을 파고드는 새까만 풍뎅이들을 보게 되면 이제는 맨손으로라도 눌러 두 손가락 안에서 압사시키는 용맹심이 생겼다. 아이리스를 보호하고 지켜야 하는 모성의 발로랄까.

곤충을 지지리도 징그러워하고 무서워하는 내가 참 잔인하게 풍뎅이를 죽이는 것이다. 그렇게 잡아서인지 풍뎅이들이 올해 좀 줄어드는 것 같아 보였는데 역시 또 나타난 것이다. 황급히 몇 마리를 압사시키고 눈을 부릅뜨고 아이리스들을 살펴보다 보니 저녁 산책은 시작하다 말게 되었다.

언제쯤 아이리스를 노심초사하지 않고 마음 편히 바라볼 수 있을까? 식물을 키우다 보면 아름다운 꽃에는 해충과 병해가 유난히 많은 것을 발견한다. 아이리스가 그렇고 장미 또한 마찬가지다. 다른 말로 하면 아름다운 것은 피워내기도 힘들고 지탱하기도 어렵다고나 할까?

세상 사는 이치를 꽃 세상에서도 깨우치고 배운다.

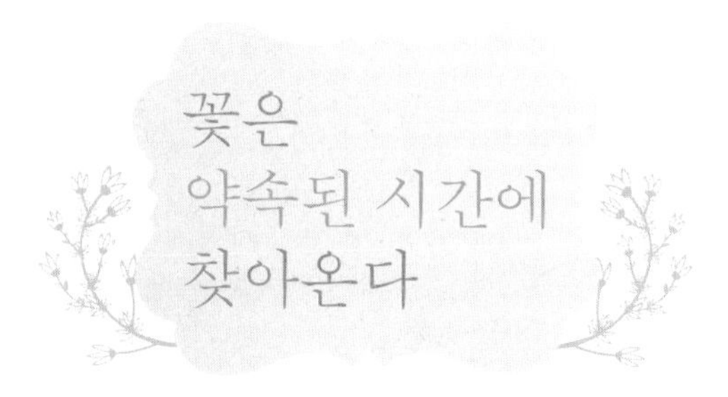

꽃은 약속된 시간에 찾아온다

올해는 장마가 제대로 드는 것 같다. 며칠 전에도 하루 종일 비가 퍼붓더니 어제도 엄청난 비가 쏟아졌다. 오늘 수목원을 둘러보니 두 계곡이 물을 콸콸 쏟아내고 있다. 계곡에 물 내려가는 소리며 풀벌레의 찌르르 소리가 여름이 무르익음을 알려준다.

하경정원의 일년초화들은 잦은 비에 많이 녹아내리고 시들어 이제 그 생명을 다한 듯 스러져간다. 5, 6월 동안 풍성하게 화단을 장식했던 하양, 분홍, 노랑의 마거리트도 비에 쓰러져 더 이상 소생할 수 없어 보인다. 덧없는 꽃의 영광을 읊은 푸시킨의 시를 되뇌며 안타까운 마음으로 하경정원을 뒤로하고 '약속의정원'으로 발길을 옮겼다.

여러해살이풀들을 심어놓은 정원으로 작은 관목들이 해마다 약속된 시간이 되면 어김없이 꽃을 피운다고 해서 '약속의 정원'이라 이름 붙인 곳이다. 영어로는 '페러니얼가든Perenial Garden'이라고 하여 '숙근원'이라고 해야 맞지만 딱딱한 이름보다는 의미가 부여된 '약속의정원'이 더 좋을 것 같았다.

이곳은 내가 개인적으로 애정을 많이 기울이고 정성을 들인 정원이기도 하다. 해마다 심은 같은 자리에서 싹을 틔우고 자라나 제각기 꽃을 피워야 하는 시기가 오면 한결같이 꽃을 피우는 식물들이기에 신통하고 기특해서 더 정이 간다. 대개 6월이 되면 꽃이 어우러져 피는데 분홍과 보라의 숙근 세라늄을 시작으로 원예종의 노루오줌, 진분홍의 에키네시아Echinacea, 보라색의 달개비꽃, 마치 꽃방망이같이 생긴 리아트리스 등이 차례로 피어나 정원을 풍성하게 장식한다.

실은 작년 봄에 정원 중앙에 있던 낙상홍 수십 그루를 다른 데로 옮기고 그 자리에 반달 모양의 화단을 두 개 더 만들어 붙여 규모를 확대시켰다. 낙상홍이 아깝다는 남편의 반대를 무릅쓰고 감행했는데 역시 잘한 것 같다.

키 큰 낙상홍을 치우니 더 넓어 보이고, 새로 조성한 중앙화단이 정원 가장자리에 둘러져 있던 기존의 화단과 조화를 이루니 한결 정돈된 느낌이다.

4월이면 싹이 날 때부터 이 정원을 자주 기웃거리며 무사히 겨울을 잘 지냈는지 식물들에게 안부를 묻고, 자라는 모습을 대견하게 바라보곤 한다.

5월이 되면 정원은 시브리카 계통의 아이리스 외에는 꽃이 별로 피지 않았지만 잎 색깔과 무늬가 다채로운 식물들을 배치했기 때문에 꽃이 없어도 색감이 풍부한 아름다움을 발한다. 형광빛 잎에 보라색 꽃이 피는 원예종 달개비와 짙은 자줏빛 잎을 지닌 휴체라Heuchera, 황금색 잎을 지닌 황금조팝나무 등이 초록빛의 잎사귀를 지닌 식물들과 조화를 이뤄 꽃이 피지 않을 때도 색감이 다채롭다.

여름이 가까워오면, 이 여러해살이풀들은 키와 둥치가 커져서 금세 풍만한 몸매를 자랑하는 아가씨들과 비슷해진다. 어른 허리춤이나 가슴에 닿을 만큼 키가 커져서 제각기 꽃을 피우면 적당한 눈높이로 꽃을 감상할 수 있어 좋다. 키가 작아 맨 앞에 심어놓은 진분홍 노루오줌이 활짝 피어 나를 부른다. 자세히 바라보니 수많은 작은 곤충들이 바쁘게 날갯짓을 하며 꿀을 따러 다니느라 여념이 없다. 소리 없이 이리도 열심히 일하는 곤충들의 세계가 [illegible]

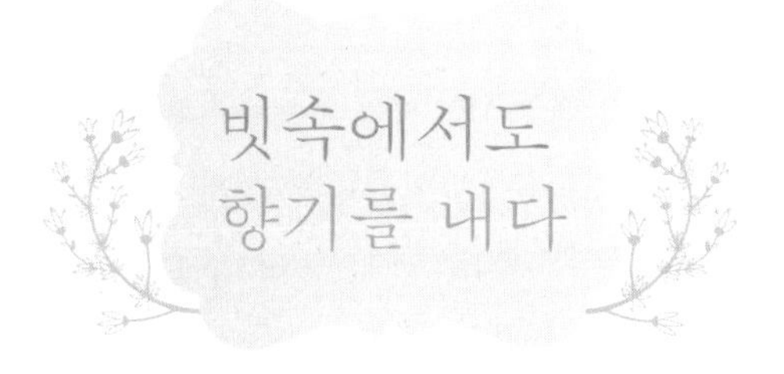

빗속에서도 향기를 내다

상대 같은 굵은 빗줄기가 하루 온종일 내렸다. 장마가 시작된 지 3주가 지나는 동안 며칠만 빼놓고는 계속 오는 비다. 저녁 식사 중에도 창밖에선 빗소리가 요란했다. 계곡물 내려가는 소리가 마치 우레처럼 들린다.

저녁을 다 먹고 나니 비가 그친 것 같아 큼지막한 우산을 들고 남편과 함께 변함없이 정원 산책에 나선다.

능수정원에는 벌써 피기 시작한 보라색 플록스가 비에 젖어 꽃잎을 웅크린 채 고개를 숙이고 있다. 벌써 며칠째 저러고 있는 모습을 보니 애처롭기 그지없다. 1년을 기다려 안간힘을 다해 꽃을 피웠는데 하필 비가 계속 쏟아져 꽃잎을 제대로 펼치지도 못

+ 산자락의 운무와 어우러진 천년향

하고 울상을 하고 있으니 이놈의 비가 제발 그만 왔으면 좋겠다.

콸콸 쏟아져 내리는 아침계곡을 건너 쉼의언덕에 섰다. 저녁

[illegible] 뚜렷이 보이는 [illegible] 유무

에 몸을 맡기고 편안히 누워 있는 앞산자락을 바라보니 마음이 평화로워진다. 깨끗이 씻긴 잔디의 촉감이 양털같이 부드러워 물기 머금은 저 초록빛 융단 위에 나도 몸을 누이고 싶다.

남편과 함께 그렇게 한참을 서서 운무에 가렸다 보였다 하는 동양화 같은 앞산 자락을 황홀하게 바라보았다. 하경정원과 약속의 정원을 지나 서화연까지 둘러보고 나니 날은 이미 어두워졌다. 모처럼 나선 저녁나절 산책이니 내친 김에 숲 속 산책길로 들어섰다.

잣나무 가지에서 물이 뚝뚝 떨어져 옷이 젖는다. 어둑어둑한 잣나무 사잇길에서 손을 맞잡은 채 말없이 걸었다. 하늘정원에 가까이 다가가자 진한 향기가 어디서인지 은은히 퍼져온다.

"이게 무슨 꽃향기지?"

세상에! 하늘정원 화단에 심긴 백합 무리가 내뿜는 향기였다. 아래 화단에 심은 오리엔탈백합이 이 빗속에서도 피어나 분홍색 꽃잎들을 벌리고 있다. 이렇게 멀리까지 향내를 풍겨오다니! 하늘정원 가득 백합을 심었는데 제일 먼저 피는 분홍색 백합이 향기를 토해내 온 숲 속을 향내로 가득 채우고 있다. 가까이 다가가 백합에 얼굴을 대고 숨을 들이쉬니 진하고 달콤한 향기에 정신이 아찔하다.

하늘정원 위쪽에 자리한 달빛정원 화단에 심긴 흰색 백합은

+ 하늘정원에 핀 오리엔탈백합

아직 피지 않았다. 통통하고 길게 부풀어 오른 꽃봉오리가 이제 며칠 후면 바로 터질 것 같다. 이 흰 백합들이 일제히 터지면 달빛 정원은 그야말로 천상의 향기 속에 휘감길 것이다.

연일 퍼붓는 장맛비 속에서도 꽃들은 의연히 피고 묵묵히 향기를 내뿜고 있다. 원망의 몸짓과 절망의 표정은 도무지 찾아볼 수가 없다. 받아들이고 견디어내는 강인함이 저 여린 꽃잎 속에 총총히 박힌 것만 같다.

비가 지겹게 퍼붓는다고 투덜대며 나섰던 저녁 산책길에 오늘은 백합을 만나 깨우침을 얻었다. 풀벌레가 요란하게 울어대는 저녁 숲길에 백합은 여전히 진한 향기를 토해내고 있었다.

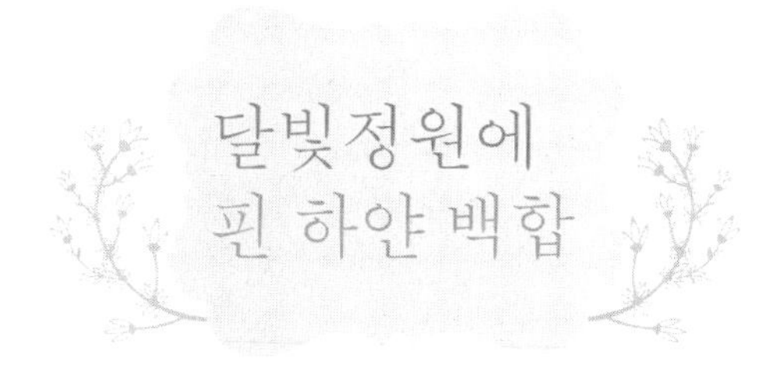

달빛정원에 핀 하얀 백합

며칠 전부터 날이 개더니 뜨거운 태양빛이 사정없이 연일 내리쏟아진다.

오늘은 유난히 햇빛이 투명하게 쏟아져 눈이 부시도록 찬란한 날씨다. 뜨겁지만 바람이 산들산들 부는 덕에 선글라스와 양산을 쓰고 정원으로 나섰다. 하늘은 파란 크리스털처럼 투명하고 바람은 바닷바람처럼 시원히 불어와 여기가 마치 지중해 어느 섬 속에 있는 숲처럼 느껴진다.

그동안 비에 망가진 일년초화들을 다 뽑아낸 하경정원에는 며칠 동안 계속 새로 심은 여러 종류의 화초들이 꽉 차 있다. 뉴기니아봉선화Impatiens hawkeri, 임파첸스 그리고 작은 과꽃과 같은 여름

꽃들이 이제 막 새로 시집온 새색시 마냥 다소곳이 피어 있다.

지난봄 그렇게 화려하고 로맨틱하게 화단을 수놓았던 수많은 종류의 꽃들이 다 사라지고 이제 새로운 식구들이 그 자리를 채우고 있으니 아직은 좀 서먹서먹하다. 그래도 신입생 얼굴을 하나하나 들여다보니 다 귀엽고 사랑스러운 게 며칠만 지나면 금방 정이 들 것 같다.

뜨거운 뙤약볕에서 화초를 뽑아내고 내어다 다시 심는 아주머니들을 보니 고맙고 미안하다. 저분들의 수고가 아니고는 이 넓은 화단을 나로서는 도저히 어쩌지 못하니 말이다. 아무리 찬란하고 아름다운 날씨지만 이젠 제발 구름이 가려주었으면 한다.

"일하시는 아주머니들을 위해서는 차라리 비가 오는 날씨가 낫겠구나"라고 중얼거리면서 하경정원을 벗어나니 피식 웃음이 나온다. 며칠 전까지 비가 제발 그만 좀 오게 해달라고 간절히 바라던 때는 언제고 이제는 또 태양이 성가시다고 하니 하나님도 참 피곤하시겠다.

며칠 전 달빛정원에 피기 시작한 흰 백합이 다 피었을까 궁금하여 서둘러 하늘길로 올라간다. 하늘길에서 멀리 달빛정원 쪽을 바라보니 커다랗고 하얀 백합들의 얼굴이 보인다. 이렇게 하얀 백합이 달빛정원을 가득 채우기는 올해가 처음이다. 봄에는 하얀 튤립과 흰색 마거리트, 여름에는 백합과 흰색의 플록스 그리고 가을에는 구절초와 하얀 국화를 심어 달빛을 닮은 하얀 정원이 달빛정원이다. 나는 이 달빛정원을 사랑한다.

어느 해인가 저녁 어스름이 내리덮일 때 정원 산책을 나섰다가 날이 금방 어두워져 되돌아오는 길에 달빛정원을 지나간 적이 있다. 보름 무렵이었는지 어느덧 환한 달이 떠올라 숲 속을 비추고 있었다. 그때, 달빛정원 언저리에 피어 있던 하얀 구절초 군락이 눈부시게 다가왔었다.

아! 그 밤의 달빛정원 풍경을 나는 잊지 못한다. 어두울 때 하얀색 꽃은 더 하얗게 보인다. 흰색이 가장 화려한 색이라는 것을 달빛에 비치는 흰색 꽃을 본 사람들은 진정으로 이해한다. 그것은 고고한 아름다움이다.

그 후부터는 저녁나절 자주 이곳에 들르지만 오늘은 햇살이 쏟아지는 오전 11시에 달빛정원에 와 있다. 하얀 백합꽃들이 눈부신 햇살 아래서 일제히 웃고 있다. 어디서 날아왔는지 셀 수도 없는 까만 제비나비들이 백합들 위로 팔랑거리며 꿀에 취해 향기에 취해 어쩔 줄 모른다. 이렇게 많은 제비나비를 본 적이 없다. 지금이 짝짓기하는 시기인지도 모른다.

봄에 백합을 심고서 얼마나 기다려온 시간인가? 그 기다림을 먹고 나의 백합은 몇 주일씩 비가 오는 동안에도 끄떡없이 견디며 이렇게 순결한 꽃을 장하게 피워냈다. 한참을 바라보아도 발길이 떨어지질 않는다. 바람이 불어오니 천상의 향기가 온 달빛정원에 퍼진다.

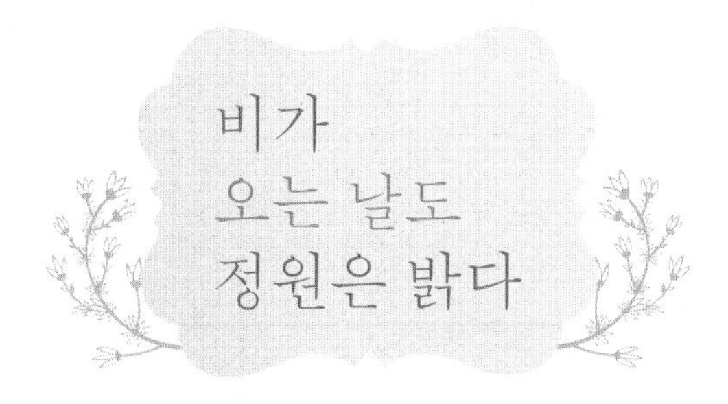

비가 오는 날도 정원은 밝다

비가 정말 억수로 왔다. 사흘간 내린 비가 700밀리미터를 넘어서 여기저기 침수되고 산사태도 났다. 인명 피해도 있어 수십 명이 죽고 다쳤다. 이 물난리에 수목원 가는 길도 두 번이나 침수되어 들어가지도 못하고 발을 동동 구르다가 오늘에서야 들어왔다.

계곡이 거대한 폭포가 되어 엄청난 물을 쏟아낸다. 까딱하면 물이 다리를 넘을 뻔했다. 미리 직원들에게서 보고를 받아 알고는 있었지만 산에서 쏟아져 내리는 물이 약속의정원을 통과해 정원이 많이 파여 있었다. 여기저기 길이 파이고 토사가 흘러 내렸지만 이렇게 많이 온 비에 이 정도면 다행이라는 생각이 든다.

예상보다 피해가 적어 그나마 다행이지만 망가진 화단이며 과

람로를 보니 속이 쓰리다. 집이 무너지고 자식이 죽은 사람들의 심정이 어떨까 생각하니 가슴이 먹먹하다. 그 사람들의 비통한 슬픔에 비한다면 이까짓 피해로 속상해하는 게 사치스럽다는 생각이 들어 얼른 마음을 고쳐먹었다. 그분들이 그 아픔과 고통에서 언제 벗어날 수 있을지 막막하지만 수해로 입은 상처가 속히 아물기를 기도했다.

정원을 관리하고 운영하는 일이 점점 힘들어지는 것 같다. 기후 변화가 점점 극을 달리고 있어 해마다 자연재해가 심해진다. 작년 겨울은 혹한이 계속되어 얼어 죽은 식물이 많았다. 몇 년 동안 애지중지하며 키운 여러해살이풀 아네모네도 다 얼어 죽었고 그렇게 여러 겹으로 싸매 주었던 능소화도 거의 다 얼어 죽었다.

눈은 또 얼마나 많이 왔던가? 올봄은 너무 추워 아주 늦게 왔다가 갑자기 더워지고, 가뭄이 계속되더니 이제는 비가 물폭탄처럼 쏟아지고. 이런 기후에 식물들이 엄청난 스트레스를 받고 적응하기 힘들어하는 게 역력하다. 몇 년만 이런 식으로 지속되면 없어지는 식물들이 엄청날 것 같다.

정말 걱정스러운 마음으로 걷다 보니 어느덧 야생화산책로 주변에 [illegible] 그 [illegible] 산수국은 이미 빗속에서 져버리고 푸른 잎만 무성하다. 일 년에 한 번 그렇게 힘들여 꽃을 피우는 시기가 하필이면 비가 오는 장마 통이니 참 가엽기도 하고 안쓰럽기도 하다. 올해는 유난히 비가 많이 와서 더 그렇다. 산수국이 해를 본 날이 며칠이나 되었을까 싶다. 비가 오니 관람객도 줄어 한창 예쁠 때 봐주는 이도 거의 없다. 가여운 것들…….

그 옆의 원추리군락은? 아! 이 비에도 끄떡없이 여전히 꽃을 피우고 있다.

세상에! 폭우에 다른 꽃들은 쓰러지고 물러지고 다 난리가 났는데 얘들은 어떻게 이리 건재할 수가 있지? 우리나라 토종 야생식물인 이 홑왕원추리는 꽃 빛깔도 예쁘고 자태도 청초하다. 밝은 주황색의 이 꽃 무리가 야생화산책로 주변에 온통 피어 있으면 비가 오는 날에도 해가 뜬 것처럼 밝다.

"너희들이 오늘도 이렇게 밝게 피어 있으니 내 마음도 환해진다. 고맙다. 원추리들아."

가만히 보니 원추리 꽃대가 여간 단단하지가 않다. 원추리는 꽃대를 길게 올려서 꽃을 피우는데 만약 꽃대가 가늘고 여리다면 잦은 비에 다 쓰러지고 운명을 달리했을 것이다. 폭우가 잦은 여름날 피는 꽃이라 수많은 세월 속에서 살아남는 비결을 터득한 것일까?

고난이 혹독하고 매서워도 견디고 살아남는 지혜를 터득한 저 풀꽃처럼 나도 우리도 이 고난의 시간을 잘 견뎌내고 더 강인한 체질로 거듭나야겠다는 다짐을 해본다.

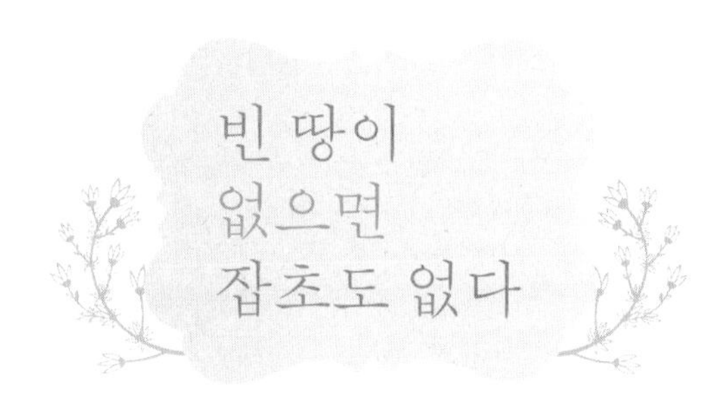

빈 땅이 없으면 잡초도 없다

처서가 지났는데도 제법 여름처럼 뜨거운 날이 계속된다. 집 앞 능수정원에 붙어 있는 작은 채소밭을 보니 풀이 무성하게 자라 오늘은 맘먹고 잡초 제거를 하러 나섰다. 뜨겁기 전에 한다고 아침부터 밭에 나가 호미로 캐고 손으로 뽑았다. 나도 모르게 두 시간이 훌쩍 지나갔다.

얼굴엔 땀이 흘러 범벅이 되었는데 이놈의 모기와 날벌레들은 자꾸 얼굴로 덤벼들어 물어뜯는다. 흙손으로 긁을 수도 없고 여간 괴롭지가 않다. 그만해야겠다 생각하고 뒤를 돌아보니 정말 두 시간 동안 벌레를 쫓아내고 땀을 흘리며 일한 공간이 고작 두어 평 남짓이다. 아직도 풀이 쭉 깔렸다.

아! 정말 잡초는 어찌도 이리 왕성하게 잘도 나고 잘 자라는지 모르겠다. 마저 매고 싶은 욕심에 가려움을 참고 호미질에 속도를 내본다.

손바닥만 한 채소밭에도 이리 잡초가 무성하니 하염없이 펼쳐진 내 마음의 정원에는 얼마나 많은 잡초가 우거졌을까?

잡초는 애써 일부러 심지 않아도 저절로 씨가 날아오거나 떨어져 잘도 퍼지고 잘 자란다. 그래서 아주 작은 공간이라도 빈 땅이 있으면 영락없이 잡초 밭이 우거진다.

우리 마음의 정원에도 저절로 노력하지 않아도 잘 자라고 잘 퍼지는 잡초는 있게 마련이다. 부정적인 생각, 부정적인 시각에서 비롯된 온갖 부정의 말들이다. 이것들은 영혼의 정원을 어느 순간 침범해서 아름다운 꽃들을 잠식하고 나무를 타고 올라가 정원을 피폐하게 한다. 잡초는 뿌리가 깊게 내리기 전 어릴 때 바로바로 캐내야 쉽지, 그러지 않으면 엄두를 내기도 어려울 정도로 금세 정원이 망가지고 만다.

잡초를 못살게 하는 제일 좋은 방법은 빈 땅을 놔두지 않는 것이다. 우선 심고자 하는 좋은 종자나 모종을 심어서 튼튼하게 키운다. 비료와 물을 정성스레 주고 꾸준히 주변의 잡초들을 뽑아주며 금세 모종은 세력이 좋아져서 잡초를 이기게 된다. 내 마음의 정원에도 좋은 나무의 묘목을 심고, 아름다운 꽃모종을 빈틈없이 심으면 잡초가 무성해지는 것을 우선 막을 수가 있다.

'내가 노력하면 무엇이든 이룰 수가 있다'는 자신감의 나무, '나라는 사람은 이 세상의 누구와도 견줄 수 없을 만큼 소중하고 가치 있다'는 자아가치 나무를 심고 이를 매일 돌보고 가꾼다면 내 영혼의 정원은 풍성하고 싱그러워지리라.

그리고 매일매일 '감사함의 꽃'들을 파종하고 모종하면 정원은 더욱 생기 있고 아름다운 빛을 발하리라. 감사하는 마음, 이것만큼 내 영혼의 정원을 풍요롭게 하는 또 다른 것이 있을까? 신께 감사하고, 가족에게 감사하고, 내가 받은 것에 감사하며 나 자신에게 감사하고, 모든 감사의 조건들을 떠올리며 감사할 때 내 마음의 정원에 잡초가 들어설 빈 땅은 없다. 온갖 부정적인 생각이나 말들은 감사의 정신이 없는 빈 땅에 뿌리를 내리고 퍼지므로 '감사의 꽃씨'는 매일매일 뿌려야 한다.

얼마 전 그 황폐했던 내 마음의 정원은 정말 다시는 거닐고 싶지 않다. 오늘 채소밭을 매며 내 마음의 정원에서 캐내 버려야 할 잡초는 무엇일까 생각해본다. 욕심이라는 잡초, 자만심이라는 잡초, 비난이라는 잡초, 더 이상 세기도 싫다.

'그래! 열심히 감사의 꽃들로 채우면 잡초를 뽑는 수고는 덜해

도 될 거야.'

내가 좋아하는 나무와 풀꽃들로 마음의 정원을 가득 채워 그 아름다움을 마음껏 누리며 거닐고 싶다.

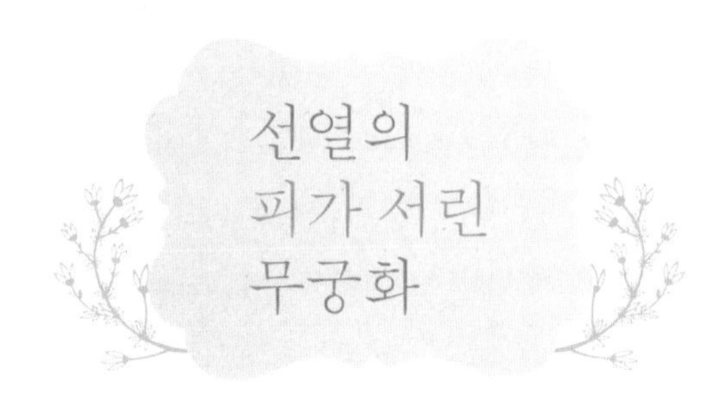

선열의 피가 서린 무궁화

늦여름 더위가 기승을 부리는 가운데 오늘도 여지없이 뜨거운 태양이 작열한다. 이렇게 뜨거운 날에 정원에서 일한다는 것은 고역이다. 직원들이 더위를 먹을까 봐 수박을 몇 통씩 부서별로 나누어 주고 덕분에 나도 몇 조각 얻어먹었다. 시원한 그늘에서 풀벌레들의 합창소리를 들으며 한 입 베어 먹는 수박 맛이 정말 시원하고 달다.

오늘이 8월의 마지막 날, 여름의 끝자락인데도 가을이 오는 걸 시샘하는지 늦게 온 더위가 마치 여름 한복판에 있는 것 같다. 날이 뜨거워서 그런지 예년 같으면 꽃이 작아졌을 무궁화도 여전히 큰 꽃을 싱싱하게 피운다.

8월 초부터 피기 시작하는 무궁화는 8월 중순쯤 절정의 개화기를 맞아 신기하게도 광복절에는 정말 꽃이 무성하게 핀다. 그런데 올해는 8월 중순까지 내내 비가 와서 무성하게 핀 무궁화를 광복절에 보지 못했다. 그러더니 이제야 무성하게 꽃들이 피어 무궁화동산이 풍성해졌다.

무궁화동산에는 250여 품종의 무궁화가 심겨 있는데 올해는 유난히 꽃이 크다. 다른 도입종 원예식물들은 잦은 비에 다 녹아내리고 사그라졌어도 우리나라 국화인 무궁화는 이 더운 여름, 폭우에도 잘도 견디었다. 오히려 기상 조건이 나쁜 올해 같은 해엔 더 꽃이 크고 왕성하게 핀다. 이렇듯 무궁화는 시련에 강하고 끈질긴 우리나라 국민의 민족성을 닮았다. 개화 시기도 가장 더운 여름날 중 폭염과 폭우가 잦은 8월이다.

무궁화는 우리나라 국화인데도 많은 사람이 별로 관심을 크게 기울이지 않아 안타깝다. 아욱과 식물로 학명은 Hibiscus syriacus이며 영명은 Rose of Sharon으로 아름답고 성스러운 꽃을 의미한다.

무궁화는 이름처럼 무궁무진하게 꽃을 피운다. 한 나무에서 적게는 700송이에서 많게는 3000송이의 꽃이 피고 진다니 대단한

+ 산처녀
+ 설악
+ 홍순
+ 꽁뜨드에몽

생명력을 지닌 꽃이다. 개화 기간이 이렇게 긴 꽃도 드물다. 그래서 국화로 지정되었는지도 모르겠다. 무궁화는 평범하게 생겨 많은 사람들의 시선을 그다지 강하게 잡아끌지 못한다. 하지만 자세히 들여다보면 단정한 다섯 장의 꽃잎이 모이는 중심부에 빨간색의 심이 있는 것을 볼 수 있다. 그래서 꽃 색깔에 따라 백단심계, 청단심계, 홍단심계라고 불린다.

나는 무궁화를 볼 때마다 꽃잎 중앙에 있는 빨간 심에 마치 나라를 위해 목숨을 바친 선열들의 피가 서려 있는 듯한 인상을 받는다. 특히 흰색 꽃에 빨간 심이 있는 백단심계의 꽃을 보면 흰옷에 묻은 피가 연상된다.

순결하고 아름다운 꽃이 그래서 더 처연하고 성스러워 보인다. 지난 광복절에도 이 무궁화 앞에서 나라를 위해 스러져간 선열들의 장한 희생을 떠올렸다.

모든 꽃에는 전설이 있는데 왜 우리 무궁화에는 그럴듯한 전설이 없을까? 이름 모를 애국지사가 피 흘리며 스러져간 자리에 핀 꽃이 바로 무궁화였다면 그럴듯하지 않을까?

재래종 무궁화는 단아한 아름다움이 있는데 새로 육종한 품종 [illegible] 나름대로 화려한 아름다움이 있다. 우리나라에서 개량한 진한 핑크빛의 겹꽃인 '산처녀'는 정말 화사하다. 흰색에 가까운 순결한 분홍의 겹꽃인 '설악'도 이름만큼 아름답다. 또한 연분홍 잎에 진분홍 무늬가 있는 '홍순'이란 품종도 발걸음을 떼지 못하게 한다. 프랑스에서 1870년대에 개량된 '꽁뜨드에몽'은 연한 핑크에 진분홍 무늬가 섞인 매력적인 품종이다.

그 외에도 수많은 무궁화 품종들이 있는데 이름과 생김을 하나하나 뜯어보며 오르는 무궁화동산은 요즘 내게 큰 즐거움을 선사한다.

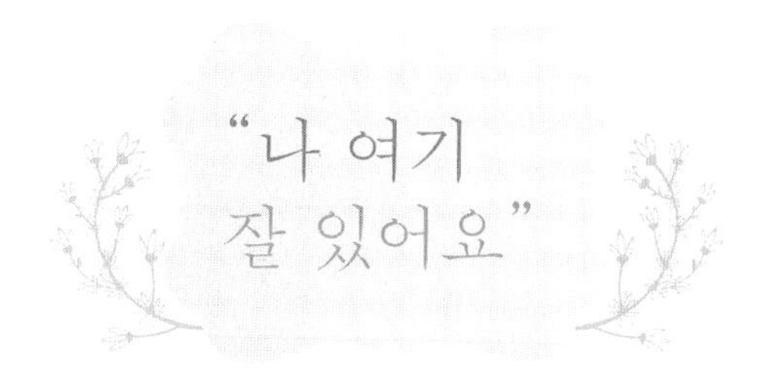

"나 여기 잘 있어요"

어느새 하늘이 높고 파란 게 정녕 가을이 왔나 보다. 태울 듯이 뜨거웠고 유난스레 무덥던 올여름이 언제 지나가나 했는데 태풍이 세 번씩이나 휩쓸고 가는 바람에 정신이 혼미해진 틈을 타 아득히 사라져버렸다. 여름나기가 올해만큼 힘든 해도 없었던 것 같다.

사람만 힘든 게 아니고 식물들도 버티기 힘들었나 보다. 이맘때쯤이면 새하얀 구절초가 하늘정원에 흐드러지게 피었어야 하는데 올해는 실하게 피질 못했다. 구절초 줄기와 잎이 거뭇거뭇하게 짓물러 있고 꽃이 실하게 피지 못한 걸 보니 여름내 몸살을 앓은 것 같다. 태풍이 몰고 왔던 세찬 비바람에 찢기고 녹아버린 식물들이 꽤 많았던 여름이다.

아침계곡을 건너다 보니 개울 언덕에 갖은 쑥부쟁이들이 소담하게 피어 있는 모습이 보인다. 언제 거기 있었는지도 몰랐는데, 맑은 가을 햇살이 비추니 너도나도 피어나 개울가 언덕이 온통 연보랏빛이다. 개쑥부쟁이, 가새쑥부쟁이, 눈개쑥부쟁이 등 고만고만한 작은 꽃들이 동네를 이루며 피었다. 그중에서도 단연 꽃이 크고 보라색이 선명한 단양쑥부쟁이가 돋보인다.

몇 년 전 색깔이 진하고 꽃송이가 큰 이 단양쑥부쟁이를 보고 반해 씨를 많이 받아 증식을 시켜 여기저기 많이 모종을 해뒀더니 이 가을에 하늘빛을 닮은 꽃잎들을 촘촘히 피워 당당히 존재감을 드러낸 것이다.

이른 봄부터 여름까지 그 긴 시간 동안 수많은 꽃들이 아름답게 피고 지는 가운데 마치 잡초처럼 천덕꾸러기 신세를 면치 못하던 쑥부쟁이다. 꽃이 피기 전 쑥부쟁이는 삐쩍 마른 키에 가늘고 작은 잎사귀들을 매단 볼품없는 차림새를 한 야생 잡초다. 여름내 정원에 풀을 매는 초보 아주머니들 호미에 뽑히기도 하고, 아저씨들 낫질에 잘려나가기도 하는 수난을 겪지만, 가을이 되면 어김없이 그 고운 꽃을 피워 자신의 존재를 알린다. 소담하게 꽃이 핀 후에나 "어머! 얘가 여기 있었네" 하고 그 존재를 알 수 있는 꽃이다.

올해도 여름내 그 있던 흔적조차 기억을 못하고 지나왔는데 어느덧 하늘이 높아지니 꽃을 피워 자신이 있는 자리를 알리는 기특한 꽃이기도 하다.

찬찬히 쑥부쟁이를 들여다보니 아직 마르지 않은 이슬이 보랏빛 꽃잎 위에 송글송글 맺혀 햇빛에 빛난다. 정말 세상의 어떤 보석보다도 아름답다는 생각이 든다. 스무 장 안팎의 여린 꽃잎이 가운데 노랑 꽃술을 둘러싸고 있는 모습이 아름답다.

제일 청초하게 보이는 한 놈을 꺾어 가슴에 브로치처럼 꽂아 본다. 수천 개는 될 법한 꽃송이들이 모두 나를 쳐다보며 해맑게 웃는다. 차마 발길이 떨어지지 않아 약속의정원 벤치에 앉아 저만치 있는 쑥부쟁이 무더기를 바라본다. 진한 보라의 키 큰 버베나와 어울려 핀 쑥부쟁이의 연보랏빛 꽃무지를 바라보고 있자니 가슴속에 애잔함이 피어난다.

있는 듯 없는 듯하다가 어느 결에 보면 꽃을 피우는 것은 취꽃 종류도 매한가지다. 키가 큰 보라색의 개미취와 키가 작은 좀개미취, 흰색의 작은 꽃을 피우는 나물취도 요즘 지천이다. 능수정원에 하얀 나물취 꽃이 만발하여 야생의 정취가 가득하다. 이른 봄에 힘차게 올라오는 취나물을 몇 번 뜯어 먹곤 이내 잊어버렸었는데 "나 여기 잘 있어요" 하며 손을 흔드는 듯 하늘거린다.

봄부터 앞다투어 피우던 화려한 꽃들이 다 스러지고 난 뒤에야 수줍게 피는 이 가을꽃들을 바라보노라면 '겸손과 기다림의 미덕'이 가슴에 와 닿는다.

잘난 사람들이 무대에서 마음껏 자신을 펼치는 동안 나서지

+ 개쑥부쟁이
+ 가새쑥부쟁이
+ 눈개쑥부쟁이

않고 차분하게 기다리다 무대가 비는 시간에 쓸쓸함을 달래주는 역할을 기꺼이 그리고 어김없이 하는 사람이 그려진다.

있는 듯 없는 듯 어느 결에 보면 자신의 자리를 굳건히 지키고, 묵묵히 자기 몫을 다하는 그런 사람이 그려진다. 말없이 오래도록 준비해서 끝내는 맑은 가을 하늘에 곱게 꽃을 피우고야 마는 쑥부쟁이 같은 믿음직스러운 그런 사람 말이다.

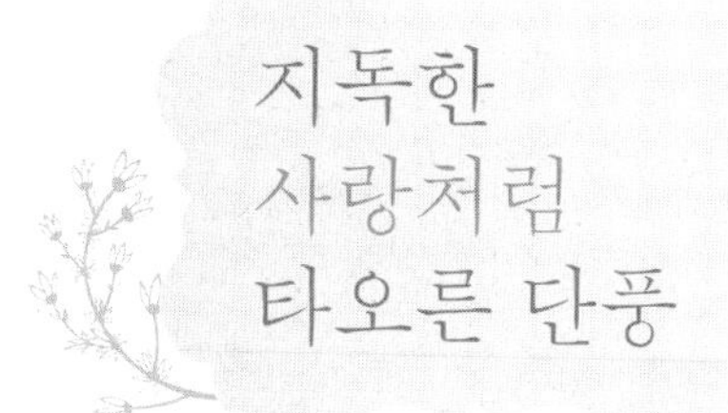

지독한 사랑처럼 타오른 단풍

단풍이 절정에 이르러 수목원은 마치 오색 물감을 들인 듯하다. 황금빛으로 물든 은행나무, 빨간색의 단풍나무, 주홍색으로 물든 벚나무에 이르기까지 온통 낙엽수들은 화려한 색으로 옷을 갈아입어 시선이 머무는 곳마다 찬란한 색의 향연이다.

올가을은 여느 해에 비해 단풍이 곱게도 잘 들었다. 10월에 비가 충분히 내려 가뭄을 막아주고, 서리도 올해는 잘 참아주어 나뭇잎들이 마르지 않고 싱싱하게 단풍 들 수 있었다. 분재정원에 있는 거대한 단풍나무가 아주 깊은 빨간색으로 완전하게 단풍 든 것은 흔히 볼 수 없는 풍경인데 올해는 정말 예쁘게 단풍이 들었다.

수목원이라 나무 수종이 많다 보니 단풍도 각양각색이다. 단풍

+ 화살나무 잎과 열매

나무는 핏빛처럼 붉은 선홍색이고, 히어리나무는 깊은 겨자색으로 물든다. 계수나무 잎에도 단풍이 들면 노란 이파리들이 사탕처럼 달콤한 냄새를 뿜으며 바람에 떨어진다. 앞산을 채우고 있는 떡갈나무들도 갈색빛이 짙어지면 배경색으로 그만이고, 맑은 노란색으로 물드는 자작나무에 벚나무와 옻나무의 주홍색 단풍이 곁들어지면 색감은 더없이 화려해진다. 물드는 모든 나무가 제각각 다 아름답지만 유독 내 시선을 뗄 수 없는 나무가 화살나무다.

화살나무에 단풍이 들면 잎은 온통 밝은 다홍색으로 채색되어 마치 나무가 다홍색 꽃으로 덮인 것 같다. 나뭇가지에 세로로 달린 코르크질의 날개가 화살 날개와 비슷해 화살나무라고 불린다.

이른 봄, 산에서 뜯어 먹는 홑잎나물이 바로 이 나무의 새순이다. 홑잎나무 또는 참빗나무라고도 불리는 이 화살나무는 키가 3미터 정도되는 노박덩굴과의 낙엽관목이다. 잎은 달걀모양으로 끝이 뾰족하여 예쁘게 생겼고, 꽃은 5월에 연두색으로 잎겨드랑이에 취산꽃차례로 서너 개씩 달린다. 눈에 잘 뜨이지 않으나 자세히 들여다보면 앙증맞게 생겼다. 10월이 되면서 단풍이 들기 시작하면 다른 나무에 비해 먼저 색이 들어 꽃보다 더 화려한 잎을 자랑한다.

나무들이 마지막 정열을 다해 단풍 드는 모습을 보면 나는 왠지 그 모습이 사랑의 빛깔로 느껴진다. 핏빛처럼 붉은 단풍나무의 잎을 바라보면 자신마저 태울 듯이 온몸을 내던지는 지독한 사랑이 느껴지고, 은행나무의 깊은 노란색 단풍을 보면 금실 좋게 살아낸 노부부의 은근하고 속 깊은 사랑이 읽힌다.

자작나무의 맑은 노란색 잎을 바라보면 황순원의 〈소나기〉에 나오는 소년, 소녀의 사랑이 떠오르며 사랑을 처음 배우기 시작

했던 어린 날의 모습이 그려진다. 그런데 자색빛이 도는 이 예쁜 다홍빛 화살나무의 단풍을 바라보면 싱그럽고 아름다웠던 젊은 날의 사랑이 떠오른다.

다홍빛 꿈으로 벅차오르고, 내일을 함께할 수 있다는 평화로운 확신에 세상 모든 것이 다 아름답게 보였던 시절의 사랑이다. 누구에게나 있었을 가장 아름다운 사랑의 순간들이다. 화살나무의 단풍이 다홍빛 사랑으로 느껴지는 또 다른 이유는 아마 나뭇가지에 화살 모양의 날개가 달려서인지도 모르겠다. 큐피드의 화살처럼 누군가를 향해 다홍빛 정념을 겨냥하고 있는 이미지가 나무에서 느껴지니 말이다.

하경정원이 발밑에 내려다보이는 하경전망대에 오르니 앞에서 있는 축령산 중턱의 단풍이 절정이다. 낙엽송 숲이 금빛으로 물들기 시작하고 하경정원을 둘러싸고 있는 온갖 나무의 단풍들이 다양한 색상으로 빛을 발하니 정말 찬란한 광경이다. 이 장엄한 색의 향연 앞에 서니 나무들이 전하는 충만한 사랑의 기운이 느껴진다. 온천지에 가득한 사랑의 힘이 이 가을날 내 눈앞에 다 모인 것 같다. 단풍은 우리에게 전하고 싶은, 온 생명을 다해 불타오르게 하는 신이 전하는 사랑의 메시지인지도 모른다

4부

추억을 심는 정원

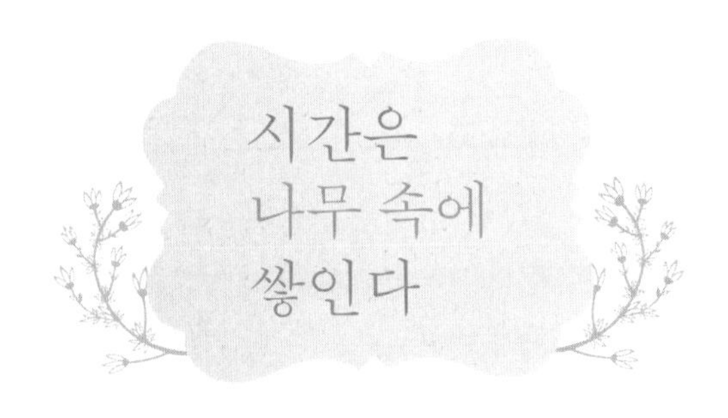

새로 조성하기 시작한 '겨울정원'에 요즘 나무를 심느라 직원들이 바삐 움직인다. 활엽수지만 잎이 다 떨어지는 겨울에도 나뭇가지가 색조를 띠는 수종들과 색을 잃지 않는 침엽수 그리고 열매가 아름다운 나무들을 모아 심어 겨울에도 식물의 색감을 즐길 수 있게 '겨울정원'을 조성하자고 의견들을 모았었다.

그래서 작년 가을엔 수피가 흰색인 자작나무들을 이곳 하늘정원 위쪽으로 전부 옮겨다 심었다. 어린 묘목들을 구해다 수년 전에 심어놓은 것들인데 그동안 키가 크고 제법 둥치가 굵어졌다. 수목원 외진 곳에 처박혀 몇 년을 눈길 한 번 받지 못하던 것들인데 이곳 '겨울정원' 자리에 심으니 수피의 흰색이 돋보이며 자작나무답게 귀티가 난다.

관람로 주변으로 키가 큰 자작나무들을 줄지어 심고 군데군데 황금색이 도는 측백나무와 녹색과 청회색의 침엽수들을 심으니 겨울에도 색이 있어 보기 좋다. 이번 주가 나무 심기 좋은 시기라 오늘 그동안 준비해놓았던 빨강 말채나무와 노랑 말채나무, 그리고 나무수피가 선홍색을 띠는 단풍나무를 몇 그루씩 심었다.

수피가 빨간 단풍나무를 '단풍정원'에도 심으라고 지시를 한 후 단풍정원으로 내려오니 그동안 잎에 가려 잘 보이지 않던 단풍나무들의 나무둥치가 엄청 우람해져 있었다. 그중 맨 아래쪽에 있는 둥치가 제일 굵은 두 나무에 눈길이 머물렀다. 그러고 보니 참 오랜만에 단풍나무 형제 밑에 와서 그들을 바라보는 것 같다.

남편이 대학을 다니던 시절, 학교 교정에 서 있던 큰 단풍나무 밑에서 싹을 틔워 돋아난 무수한 단풍나무 새싹 중에서 몇 개를 뽑아다 고향 집 마당에 심어놓고 물을 주고 정성스럽게 돌보아 살린 그 단풍나무 형제들이다.

볼펜심보다도 가늘었던 그 나무들이 고향 집에서 20여 년을 자라니 어른 키보다 커지고 나무둥치도 서너 뼘은 되게 커졌다. 그 나무 두 그루를 수목원을 조성하면서 이곳 아침고요 단풍정원에 옮겨 심은 지가 벌써 20년이 다 되어가니 이렇듯 의젓한 성목이 됨 직도 하다.

오래전 그 가느다란 새싹이 둥치가 예닐곱 뼘은 되고 굵은 가지들을 늘어뜨린 멋진 단풍나무가 된 것이다. 나무의 형태도 균형 있게 잘 잡혀 있어 여간 대견스럽지가 않다. 단풍이 드는 늦가을이면 정원에 서 있는 그 어떤 나무들보다 짙은 선홍색으로 물들어 가을의 정취를 흠뻑 누리게 해주는 나무들이다.

이 나무 형제들 앞에 서니 지난 40여 년의 흘러간 세월이 조금도 아쉽지도 허무하지도 않다. 시간은 그저 흘러간 게 아니라 쌓여왔음을 이 나무들 밑에서 새삼 실감한다.

청년 시절에 나무 새싹을 옮겨다 심었던 남편의 그 진득한 마음을 오늘에서야 깊이 헤아린다. 오래 기다릴 줄 아는 사람, 계산에 느리지만 정말 속이 깊은 사람이 내 남편이다. 그런 남편과 만나고 산 지 40년이 넘었지만 난 아직도 진득하게 기다리지 못하고 종종 조급하게 군다.

그동안 남편은 숱하게 나무를 심어댔다. 월남전에 참전해서 받은 월급을 모아놓았다가 제대한 후 고향땅에 배나무 묘목을 수백 주 심었고, 결혼해서는 집 근처에 장만한 과수원에 포도 묘목을 또 열심히 심었다. 그러고 보니 대추나무도 많이 심었던 기억

+ 남편의 고향 집 마당에서 옮겨 온 단풍나무

이 난다.

수목원을 일구면서는 셀 수 없는 나무들을 수백 트럭이 넘도록 실어다가 심은 것 같다. 돈을 쏟아 부으며 나무를 심어대는 남편이 그때는 내심 원망스럽기도 했는데 이제는 남편이 심은 나무들이 우람하게 자라 정원을 받쳐주는 멋진 주인공들이 되어 볼수록 대견하다. 근래에 들어서야 비로소 나는 나무를 심어 키우고, 세월을 기다려 그 진면목을 드러낼 모습을 그려보는 일이 얼마나 근사한 일인지를 깨달았다.

올해는 더 욕심을 부려 나무를 고르고 주문을 해서 오히려 남편이 근심스런 눈빛으로 나를 바라본다. 나무를 이렇게 심다 보면 언젠가는 나도 남편처럼 오래 기다릴 줄 아는 진득한 사람으로 변하지 않을까 기대해본다.

이 세상에 비싼 화초는 없다

몇 주 전에 집 근처 마트에 다녀오는 길에 길가에서 팔고 있는 화분을 한 개 사 왔다. 수목원 입구에 있는 재배 비닐하우스에서 화초를 기르고 있어 화초를 개인적으로 살 일이 없다. 하지만, 뭐 눈에는 뭐만 보인다고 아무리 몇 개 갖다 놓지 않고 파는 길거리 노점상이라도 눈을 떼지 못하고 걸음을 멈춘다.

그날은 원예종으로 개량된 철쭉 종류의 작은 화분들을 몇 개 늘어놓고 팔고 있었는데 값이 얼마냐고 물어보니 작은 것은 5천 원, 조금 큰 것은 8천 원이라고 했다. 아직 꽃봉오리가 벌어지지 않고 있어 정확히 어떤 꽃 모양일지 확실하지는 않지만 대충 연분홍인 거 같아 8천 원을 주고 제일 큰 화분을 골라잡았다.

주인은 내가 선뜻 산다고 돈을 주니까 "돈을 더 받아야 하는데 처음에 값을 싸게 잘못 불렀으니 할 수 없다"고 그냥 가지고 가라고 했다. 화분을 안고 오는데 싸게 산 것 같아 기분이 좋으면서도 왠지 주인한테 미안한 마음이 찜찜하게 남는다.

아파트 베란다에 화분을 갖다 놓고 물을 충분히 준 다음, 매일 아침마다 꽃봉오리가 얼마나 벌어졌나 살폈다. 이 꽃은 어떻게 꽃봉오리를 피울까?

지난주에 시부모님 댁에 있는 철쭉을 보니 꽃송이가 백 개는 넘게 피어 있었는데 그 색깔이 예술이었다. 흰색 바탕 꽃잎에 살구꽃 색의 무늬가 그러데이션으로 새겨진 겹꽃이다. 어머님께서 해마다 꽃이 피면 꽃송이를 세시며 애지중지 즐기시는 철쭉이다. 올해는 140송이가 피었다고 자랑하시면서 당신이 콩물을 해 드시고 그걸 부신 물을 주어 이렇게 꽃이 잘 핀다고 나름대로 비결까지 일러주신다.

아버님께서 몇 년 전에 트럭에 싣고 다니는 노점상에서 사 왔다고 하시는데 품종은 잘 모르겠지만, 꽃이 귀티가 나서 탐이 나는 화분이었다.

며칠 전 드디어 내가 사 온 철쭉의 꽃봉오리가 벌어지며 꽃잎이 풀려 드러나는데 보니 어머님 댁에 있는 것과 똑같은 품종이

+ 자생철쭉

었다. 매우 기뻐 남편을 불러 보여주며 마치 자랑스러운 일을 해낸 듯 뿌듯해했다. 키가 50센티미터도 될까 말까 하는데 꽃송이가 무려 70송이는 되는 것 같았다.

오늘 아침에 일어나 보니 거의 모든 꽃봉오리들이 다 벌어져 살구꽃 색깔이 나는 꽃잎을 펼치고 일제히 환한 웃음을 짓고 있다. 8천 원을 주고 산 화분 하나가 이리도 나를 행복하게 하는가?

아직도 2주는 더 피어 있을 테고, 물만 잘 주면 해마다 또 볼 텐데 그 8천 원이 너무 싼 것 같아 미안하고 가슴이 아프다. 저 만큼 키우느라 수고한 농부나 그걸 떼다가 차에 싣고 다니면서 팔이준 화초장사 아저씨가 금전적으로 밑지지는 않겠지만 화초가 주는 기쁨과 행복감에 비하면 말도 안 되게 싼값에 거래된다는 생각이 든다.

요즘에는 수수한 식사라도 밥 한 끼에 7, 8천 원은 줘야 밖에서 먹을 수 있는데 두고두고 볼 수 있는 화분 하나에 8천 원이라니 갑자기 분한 생각이 다 드는 것이다. 그걸 싸게 샀다고 좋다고 들고 들어온 내 꼬락서니도 지금 생각하니 참 철없는 짓이었다.

"얼마를 더 드리면 되겠어요?"라고 당연히 물어보고 돈을 더 주었어야 하는데……. 철쭉은 제가 얼마에 팔렸는지도 모르면서 마냥 방긋거린다.

한 3년 전쯤인가 운전하고 길을 가다 도로변에 있는 나무 파는 농원에서 키가 큰 자생종 철쭉을 발견했다. 흰색에 가까운 창백한 분홍빛이 도는 자생철쭉의 꽃잎은 보고 또 보아도 질리지 않는 우아하고 소박한 색이다. 마치 옛날 순박하고 아리따운 산골 처녀를 연상시킬 만큼 맑고 고아하다. 그래서 언제부터인가 수형이 잘 다듬어진 철쭉을 만나면 수목원 고향집정원에다 사다 심어야겠다고 맘먹고 있었는데 마침 꿈에 그리던 그 철쭉을 만난 것이다. 차를 세우고 값이 얼마냐고 물으니 나무 하나에 한 장만 달라고 한다. 그래서 "백만 원이요?"라고 물으니 "아주머니 나무 사본 적 있는 사람이요? 한 장이 천만 원이지 백만 원이 어디 있소" 그러고는 쳐다보지도 않는다.

생각보다 열 배는 비싸니 두 번 다시 말도 못 붙이고 돌아와서 남편에게 그 나무를 사 달라고 졸랐다. "가서 흥정을 해보고 한 500만 원만 하면 아깝지 않으니, 내 평생에 당신한테 다이아몬드 반지 한 번 받아본 적 없으니 반지 해줬다고 생각하고 그 나무를 사 달라"고 간청했다.

남편은 언제 지나는 길에 들러보겠다고 약속했고, 며칠 뒤에 그 나무를 보고 왔다. 개발이 되는 산에서 벌채를 했을 철쭉 하나에 500만 원은 너무 남겨 먹는다고 생각했는지 남편은 뜸을 들이

다가 두 그루에 얼마면 사겠다고 흥정을 했단다. 업자는 절대 안 되는 가격이라고 서로 밀고 당기기를 하다가 며칠 뒤 그 농원을 가봤더니 나무가 없어져버렸다.

얼마에 팔렸는지 모르지만 500만 원 이상 되는 가격에 팔렸을 것이다. 아쉽고 허탈했지만 천만 원을 주고 관목을 살 수는 없는 형편이라 그냥 체념해버리기로 했다. "자생 철쭉은 산에 가서 보면 되지"라고 애써 위로하면서…….

그래도 해마다 철쭉이 피는 계절이 돌아오면 다른 데로 팔려 간 그 철쭉이 눈에 아른거린다. 균형 있게 잘 퍼진 가지들에 수백 송이의 철쭉꽃을 두르고 수줍은 듯 연분홍 눈웃음을 지닌 그 황홀했던 자태가 자꾸 떠오른다. 다시 한 번 남편을 졸라 구해 오라고 이번엔 으름장을 놓을까 보다.

그 자생 철쭉은 아닐지라도 거실 베란다에 환하게 핀 저 작은 철쭉이 들여다보면 볼수록 아름답고 매력이 있다.

'너를 보고 있는 것으로도 충분히 행복하고 만족스럽단다. 그리고 너를 키워서 나한테 오기까지 애써준 모든 손길에 감사하고 미안하단다' 하는 마음이 절로 든다.

혹시라도 그 화분 장사를 만나면 단돈 만 원이라도 더 줘야지 마음이 편할 것 같다. 노력도 별로 들이지 않고 떼돈을 버는 사람이 있는가 하면, 여러 손을 거쳐 수고를 한 화분이 식사 한 끼 값도 안 되는 돈에 팔리기도 하는 세상이 참 공평치 못하다는 생각이 들어 씁쓸하다.

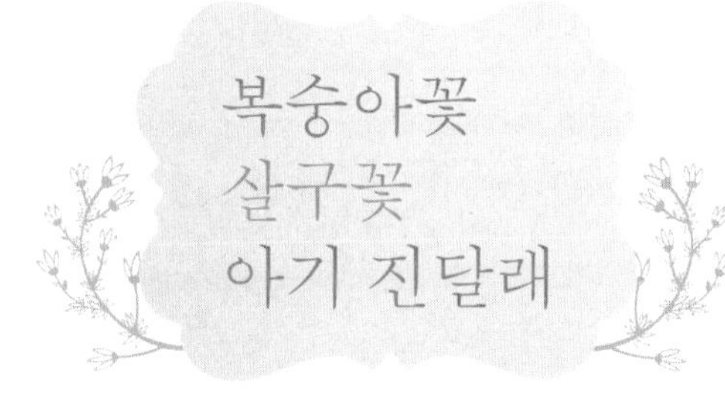

복숭아꽃 살구꽃 아기 진달래

밤새 비가 부슬부슬 내린 것 같다. 반가운 봄비다. 아침에 문을 열고 밖을 내다보니 땅이 충분히 젖을 만큼은 온 것 같다. 욕심 같아서는 좀 주룩주룩 내려주었으면 하는데 이만해도 감사해야지 하는 마음을 먹고 정원을 돌아보러 나섰다. 능수회화나무 마른 가지 끝마다 물방울이 보석처럼 매달려 있는, 비 온 뒤의 풍경이 가슴속을 촉촉하게 적신다.

어제까지 사흘 동안 무려 2000그루의 진달래를 직원들이 정성스레 이곳저곳 언덕에 심느라고 애를 썼는데 보슬비라도 내려주니 심은 나무들이 아쉬운 대로 갈증은 해소할 수 있을 것 같다. 진달래는 더디 자라는 나무라 묘목을 심었으니 한 십 년은 지나야 연분홍빛이 어우러지는 진달래동산이 될 수 있을 것이다.

어릴 적 쏘다니던 마을 뒷산에 지천으로 널려 있던 진달래도 이제는 개발 때문에 사라진 야산이 많아 그런지 아무 데서나 흔하게 볼 수 없게 되었다. 우리 세대들에게는 친근하고 정감 어린 진달래꽃이지만 요즘 자라나는 아이들에게 진달래가 아련한 향수를 자아내는 꽃으로 남을지는 잘 모르겠다.

아파트 공원이나 도로변에 일색으로 심어놓은 울긋불긋한 영산홍이나 팬지꽃 등 외래 원예종 꽃들에 익숙하여 훗날 그 아이들이 떠올릴 고향의 이미지는 어떤 것들이 될까 궁금하기도 하고 염려도 된다.

이런저런 이유에서 진달래를 대량으로 심었다. 고향이라는 의미 자체가 없는 요즘 아이들이 그래도 한국인의 정서 속에 스며 있는 '복숭아꽃 살구꽃 아기 진달래' 가사가 담긴 동요 〈고향의 봄〉을 여기서라도 느껴보았으면 하는 바람 때문이다.

1970년대 중반에 결혼하고 연년생으로 아이 둘을 낳은 우리 부부는 처음에 서울 변두리에 있는 작은 전셋집에 살았다. 자라나는 아이들에게 고향다운 고향을 만들어주자고, 외곽으로 이사 가지고 돈이 [illegible] 보고 전세돈을 빼서 집 지을 땅을 사기로 했다.

명분은 아이들 정서 교육 때문이라고 그럴듯하게 갖다 붙였지만 사실은 6개월에 한 번씩 이사를 해야 하고, 치솟는 전셋돈을 감당 못해 마련한 궁여지책이었다.

이미 결혼 4년 만에 여섯 번의 이사를 한 우리는 먼저 빌린 전셋돈을 갚기도 전에 두 배가 오른 전셋돈을 더는 마련할 수가 없었다. 한창 부동산 붐이 일기 시작하면서 집값이 뛰던 그 시절, 웬만큼 똑똑한 직장인들은 대출을 얻어 집을 장만하기 시작했으나 세상 물정에 어둡고 어눌한 우리 부부는 전셋돈 꾸러 다니느라 세월을 보내고 있었다.

남편이 땅을 봐둔 데는 송산이라는 지역으로 대대로 내려오는 남씨 가문의 후손들이 30여 가구 모여 사는, 만만한 뒷산이 치마폭처럼 논과 밭을 휘감고 있어 시골의 정취가 묻어나는 그런 곳이었다. 전세를 빼서 땅을 200여 평 사고 나니, 돈이 없어 대출을 받아 집을 지을 때까지 월세를 얻을 수밖에 없었다.

길어야 1년 정도 살 집이니 자기가 집을 얻어놓겠다고 해서, 살던 집에서 이삿짐을 싸 들고 가보니 길가 방앗간 바로 옆방이었다. 방아를 찧는 동안 날리는 먼지가 방문 앞으로 다 쏟아지는 그런 단칸방이었다. 문을 여닫을 때마다 왕겨와 먼지가 방 안으로 쏟아져 들어오는데 이건 하루를 참을 수가 없는 노릇이었다.

게다가 연탄아궁이만 달랑 하나 있는 부엌에는 강아지만 한 쥐 여러 마리가 쉴 새 없이 들락거렸다. 하루에도 부엌에 밥하러 나갔다가 비명을 수없이 질러대니 심장이 오그라들어서 도저히 살 수가 없었다.

그때 처음으로 남편이 대책 없는 사람이라는 걸 알게 되었다. 한 달치 월세를 냈기 때문에 도 닦는 심정으로 어쩔 수 없이 지옥 같은 한 달을 거기서 살고, 다시 방을 얻어 이사한 곳이 영주네 건넛방이었다.

방이 비좁아 큰 요 한 장만 깔면 방바닥이 꽉 차 큰딸은 아빠가 안고 자고, 젖먹이는 내가 안고 남편 발치에서 딸아이 쪽으로 발을 뻗고 그렇게 잠을 잤다. 그래도 쥐가 나오지 않고 방아 먼지가 없으니 숨을 쉴 수 있어 너무 좋았다.

가을에 이사해서, 부엌이 없는 툇마루에 석유곤로 하나 얹어놓고 밥을 해 먹어도 그런대로 소꿉장난하는 것 같아 재미있었는데 겨울이 오고 찬바람이 부니 밥해 먹는 게 장난이 아니었다.

마당에 있는 펌프는 매일 얼어 물을 풀 때마다 뜨거운 물을 부어야 나오고 설거지를 해놓으면 그릇이 딱딱 얼어붙어 떼어지지가 않았다. 아이 두 [illegible] 기저귀를 [illegible] 펌프로 물을 퍼서

기저귀 빨래를 하면 너는 동안 짜놓은 빨래가 동태가 되어 손에 달라붙었다. 그때 난생처음으로 고생이라는 걸 했다. 장롱 한 짝만 겨우 방에 들여놓고, 나머지 한 짝은 주인집 마루에다 놓고 쓰니 자연히 마루를 주인집과 같이 쓰게 되었다.

영주 동생 영신이가 우리 딸애보다 한 살은 어렸는데도 얼마나 암팡지고 사나운지 마루에서 마주치면 딸애 얼굴을 할퀴고 때려 얼굴에 생채기가 나기 일쑤였다. 제 어미를 닮아 순해 빠진 딸애는 맨날 "엄마~" 하고 울음보를 터뜨리며 들어왔다. 다른 고생은 다 참을 수 있었는데 주인집 아이한테 아이가 얻어맞는 것은 참기가 힘들었다.

남의 아이를 혼내거나 주인한테 덤빌 용기도 없었던지라 속이 상하다가 그만 병이 나고 말았다. 일주일 동안을 열이 나고 아파 일어날 수도, 밥을 먹을 수도 없었는데 아이 둘을 어떻게 건사했는지 기억이 나질 않는다.

하는 수 없이 서울에 계신 친정 엄마에게 전화를 드렸더니 엄마가 시외버스를 타고 득달같이 달려오셨다. 오셔서 내가 사는 모습을 보시더니 눈물을 쏟으시며 집으로 가자고 하셨다. 그래서 친정에서 몸보신을 좀 하고 있는데 지금 생각하니 철없는 남편은 빨리 집으로 가자고 졸라대 하는 수 없이 애들을 데리고 남편 밥 해주러 송산으로 도로 들어갔다.

그렇게 거기서 겨울을 나고, 아지랑이가 논밭 위로 피어오르는 4월이 되었다. 날씨가 따뜻해진 3월부터 밥만 해 먹고 빨래를 해 널어놓고는 아이를 포대기에 둘러업고, 딸아이 손을 붙잡고 마을 뒷산으로 매일 산책을 나섰다.

논두렁 밭두렁을 두리번거리며 냉이도 캐고 씀바귀도 캐면서, 방에서 불러보지 못하던 가곡도 목청을 가다듬고 한 곡씩 뽑으면서 산길과 들길을 누볐다.

그래도 마음속에는 아직 집 지을 수 있는 허가도, 돈도 마련되지 않은 상태라 서러움과 고단함이 두껍게 깔려 있었다. 그날도 아기를 업은 채 우리 딸애 손을 붙잡고 무심히 다니던 산길을 좀 더 돌아 올라가고 있었다.

그런데 눈앞에 갑자기 딴 세상이 펼쳐졌다. 여기에 '김 씨 아저씨네' 복숭아 과수원이 있다고 들었는데 산등성이 온통 분홍색 복숭아꽃으로 뒤덮여 있지 않은가! 알맞게 키가 큰 복숭아나무 수백 주가 일제히 꽃을 피워 도연명의 '무릉도원'이 내 눈앞에 펼쳐졌다. 말로 표현할 수 없는 아름다움과 환희가 나를 압도해왔다.

"[illegible] 너무 예쁘지?"

너무나 감격스러웠지만, 아이들하고만 그 환희를 나눌 수밖에 없었다. 가슴속에 겹겹이 쌓였던 서러움과 고단함이 일순간에 녹는 느낌이었다. 복숭아 과수원으로 걸어 들어가 복숭아꽃 터널을 아이와 함께 뛰어다니며 너무 아름다워 눈물을 흘렸던 추억이 오랜만에 생각난다.

그때 그 복숭아나무의 연분홍 꽃이 뭉게구름처럼 무더기로 피어 있던 장면은 내 기억 속에 각인되어 아직도 강력한 치유의 힘을 발휘한다. 그래서 연분홍 꽃만 보면 수선을 떨며 좋아하는지도 모르겠다.

그 당시 그 복숭아꽃이 얼마나 내게 많은 위로와 안위를 주었는지 모른다. 그동안의 고생과 남편에 대한 원망, 미래에 대한 불안도 다 날아가고, 다 잘될 것 같은 희망이 생겨 발걸음이 가벼워졌다.

그 후 1년 뒤에 우리는 진입로 문제가 기적적으로 해결되어 허가를 받고, 융자를 얻어 집을 지을 수 있게 되었다. 방 세 칸에 마루와 입식 부엌이 있는, 그 동네에서는 처음으로 짓는 양옥집이었다. 집을 짓는 동안 애를 업고 밥을 해서 이어 나르는 수고를 해도 마냥 행복하고 기대에 부풀었다.

+ 서화연의 봄 풍경

이사하고 집들이를 하는 날 온 동네 아낙네들이 부러워했다. 그리고 그 집은 우리 아이들이 어린 시절을 지내는 동안 진정한 고향집이 되어주었다. 뒷산에 올라가 칡넝쿨을 가지고 아빠와 타기 놀이를 하며 산으로 들로 쏘다니며 노는 고향을 정말로 만들어주었다.

봄이면 아이들과 함께 그 복숭아 과수원을 거닐며 "나의 살던 고향은 꽃피는 산골~ 복숭아꽃 살구꽃 아기 진달래~" 하며 노래를 목청껏 불렀다.

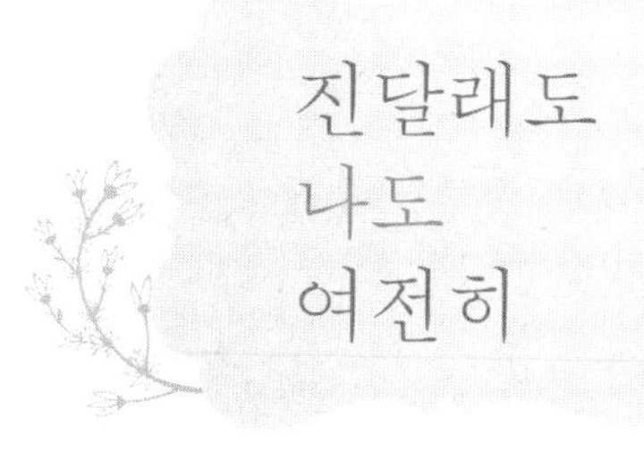

진달래도 나도 여전히

몇 년 전 이맘때쯤 진달래가 만발한 동네 뒷산을 남편과 함께 오르며 이야기를 나눈 적이 있다.

"당신은 진달래가 뭐 같아?"

남편이 말하길,

"난 당신 얼굴 같아."

"내가 그렇게 예뻐? 난 진달래가 새색시 치마 같기도 하고, 애기 볼 같기도 한데."

그러면서 진달래를 따서 어렸을 때 한 것처럼 한입 넣어 먹으면서 걸었던 적이 있다.

올해도 진달래가 고향집정원 언덕배기에 탐스럽게 피었다. 우리나라 야산 어디서나 흔하게 피는 꽃인 만큼 우리들의 정서 깊숙이 자리 잡고 애틋한 감성을 자극하는 꽃이다. 그래서 남편과 나는 아침고요 여기저기에 진달래를 많이 심었다. 진달래가 피는 4월 중순은 우리가 약혼하고 그 이듬해엔 결혼한 의미 있는 달이다.

37년 전 오늘, 결혼식을 마치고 진달래, 벚꽃이 만발한 정원에서 기념사진을 찍었던 일이 아득하게 떠오른다. 그 사진 속에서 행복해하던 앳된 얼굴의 신부는 이제 초로의 할머니가 되었지만 방긋이 웃고 있던 진달래는 오늘도 여전히 수줍게 웃고 있다.

진달래색은 어찌 보면 참 촌스러운 색깔인데 진달래에게는 너무나 잘 어울린다. 아기 엄마 젖꼭지만 하게 부풀어 오른 꽃망울을 하고 있을 때는 진분홍이었다가 꽃잎을 열고 만개하면 연분홍으로 꽃 색깔이 좀 옅어진다. 난 이 진달래 색깔이 너무 좋다. 아마 녹색의 이파리가 피어 있는 상태에서 이런 색의 꽃이 핀다면 정말 촌스러웠을 것 같다. 그러나 다행히도 마른 가지에 꽃잎만 먼저 나오는 진달래는 이 빛깔로 수많은 여심을 설레게 하고, 애잔한 감성을 불러일으켜 여러 시인의 시심을 자극한다.

아주 오래전, 아마 내가 30대쯤이었을 것이다. 하루 일과를 마치고 집으로 돌아오는 길, 생활의 짐으로 마음은 천근으로 무겁고

+ 진달래

몸은 지칠 대로 지쳐 고개를 숙인 채 터벅터벅 걷고 있었다. 그때도 서울 구로 변두리에 살고 있었는데 집 앞 모퉁이를 돌아 언덕

길을 오르면서 고개를 들어 앞을 보니 멀리 앞산에 연분홍 진달래 무더기가 시야에 가득 들어왔다. 순간 마음속에 가득 찼던 근심이 정말 눈 녹듯이 사라지고 웬지 모를 감사함이 그 자리를 가득 채웠다. 앞산 가득히 피어 있는 진달래색이 내 눈에 들어오는 순간 마음에 평화와 감사함이 솟아난 것이다. 나를 누르던 근심은 더 이상 문제가 아니었다. 어둑함이 내릴 때까지 거기서 한참을 서서 진달래를 바라보며 조용한 희열을 음미했던 기억이 새롭다.

어떻게 그런 일이 일어났는지는 나도 이해할 수 없었다. 지금에서야 깨닫는 것은 거무스름한 나뭇가지들만 무성한 산비탈에 아련히 채색된 진달래 무리의 그 빛깔이 내게 치유와 위로가 되었다는 것뿐이다.

오늘 이 행복한 결혼기념일에 그 진달래를 남편과 함께 또 바라볼 수 있다니 너무나 큰 축복을 누린다는 생각이 든다.

"그래! 얼굴은 늙었지만 아직도 난 진달래 빛 같은 감성이 시들지 않았어"라고 우기니까 남편이 "당신은 얼굴도 마음도 여전히 진달래 같아"라면서 내게 돈 안 드는 결혼기념일 선물을 준다. 진달래 몇 송이 따다가 찹쌀가루에 화전이나 부쳐줄까 보다.

나는 역시 못된 딸년이다

어제는 결혼기념일이라고 남편과 함께 어디를 갈까 궁리하다 몇 십 년 만에 경복궁에 다녀왔다. 경회루 앞에 분홍색 능수벚꽃이 예쁘게 피어 있어 사진 한 장 찍고 고궁을 한 바퀴 돌아 나왔다. 시내에 벚꽃이 만발한 걸 보니 부모님 생각이 났다. 꽃을 유난히 좋아하시는 아버지를 모시고 꽃구경을 시켜드려야겠다고 마음을 먹고 전화를 드려 오늘 만나기로 했다.

작년 이맘때 시부모님을 모시고 양수리 벚꽃 길을 드라이브했던 기억이 나 오늘 어머니 아버지를 모시고 금남리를 통해 아침고요로 모시고 가자는 계획을 세웠다.

기온이 오르니 마치 5월 중순처럼 따뜻하고 화창한 날씨에 오랜

+ 고향집정원에 핀 벚꽃

만에 교외로 나오신 어머니 아버지가 차 뒷좌석에 앉아 행복한 모습이다. 덕소를 넘어 금남리 길로 접어들었는데 여긴 아직도 벚꽃이 피지 않았다. 강 건너 저쪽 양수리 길에는 흐드러지게 핀 하얀 벚꽃이 수십 리 길을 잇고 있다. 저 길로 갈 걸 하는 후회가 있었지만 멀리 바라만 봐도 구경은 잘했다는 부모님 말씀에 그냥 아침고요로 왔다.

아침고요엔 지금 벚꽃이 막 피려고 한다. 가지에 한두 개씩 개화하여, 두툼한 꽃망울들이 터지기 직전이다. 모처럼 벚꽃 구경을 시켜드리려고 맘먹었는데 뭐가 제대로 맞지 않는다. 두 분 다 85세 전후의 노령이신지라 걸음걸이가 무척 힘들어 보인다.

작년까지만 해도 아버지는 배드민턴 경기 대회에 나가셔서 칠십 대들과 팀을 이뤄 시합하실 정도로 정정하셨는데 올해 들어서는 부쩍 노쇠하신 티가 난다. 어머니도 관절염을 앓고 계셔서 오래 걷지를 못하시니 수목원 관람하시는 게 무척 피곤하셨나 보다.

한 바퀴 돌고 오셔서 누워들 계신다. 그래도 올해 하경정원에 심은 초화들이 너무 예쁘게 심어졌다고 칭찬을 하신다. 그 정도면 대단하다고, 내가 보기에도 올해 하경정원 초화식재는 거의 만점에 가까울 정도로 아름답게 이루어졌다.

수목원을 일구던 초창기에는 아버지가 수목원에 오시면 이것저것 지적하시고 부정적인 평가를 하도 많이 하셔서 부담스럽고 속이 상했는데 근래에는 칭찬을 많이 하신다. 그때는 우리 아버지의 미적 감각을 따라가지 못했었나 보다.

아버지의 화초 욕심은 아무도 못 말린다. 아파트 베란다에 꽉 찬 화분들 때문에 어머니와 자주 다투면서도 오늘 정원에 핀 튤립이 탐이 나셔서 몇 포기를 달라고 하신다. 집에다 갖다 놓고 보고 싶으신가 보다. 아버지는 수목원에 오시기만 하면 화초를 가져가고 싶어 하신다. 그게 못마땅해 정원에 심은 튤립이 몇 만 주가 넘는데도 거기서 캐기는 아까워 사무실 근처에 작년도 튤립을 재활용해 심은 것 몇 포기를 캐 드렸다.

튤립은 한 해가 지나면 퇴화하기 때문에 해마다 새로 구근을 심어야 꽃이 예쁘고 탐스럽게 핀다. 아마 사무실 근처에 심어놓은 것들은 재작년 구근이라 퇴화한 것들이 있어 꽃대가 올라오지 않는 것도 있을 것이다. 그 아버지와 막상막하인 딸이다.

집에까지 모셔다 드리고 오는데 봉지에 싸매 든 튤립을 애지중지 보물단지처럼 챙겨 내리시는 아버지를 보니 마음이 짠하다. '나는 역시 못된 딸년이다'라는 생각이 든다. 올가을에는 아예 구근을 미리 떼어 화분에 심어놓으시라고 드려야겠다.

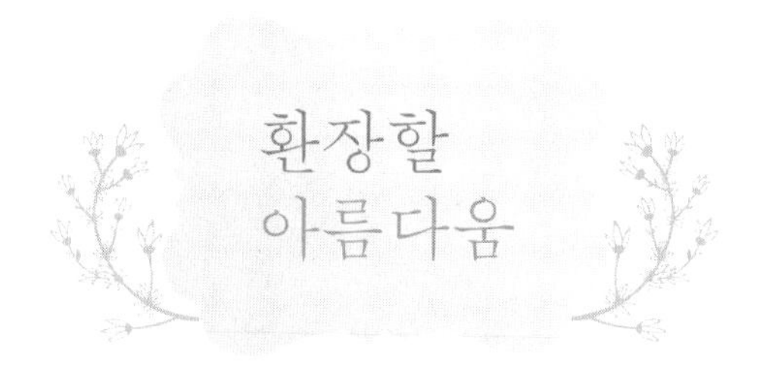

환장할 아름다움

지난 주말 이틀 내내 봄비치고는 꽤 많은 양의 비가 와서 계곡의 물이 철철 흘러내린다.

올봄엔 바람도 큰비도 잦아 피어나는 꽃들이 속상하겠다. 아니 꽃보다도 수목원 원장인 내가 더 속상하다. 오늘 아침 그간 하늘길을 화려하게 수놓았던 튤립이 이틀간의 비바람에 다 져버려 왕창 뽑혀 나가고 있었다. 날씨만 고르면 3주는 피어 있었을 터인데 그간 며칠 기온이 너무 올라가는 바람에 갑자기 다 피어버리고 그만 폭우에 다 떨어져버렸다. 겨우내 온실에서 기름을 때가면서 재배하고 한 포기 한 포기씩 옮겨 심은 것들인데 제대로 며칠 보여주지도 못하고 뽑아버리니 아깝고 안타깝기 그지없다

+ 별목련
+ 겹홍매화

져버린 튤립을 뽑고 나니 지난해 늦가을 심었던 튤립 구근이 그사이 언제 올라왔는지 그 기특한 꽃봉오리를 내민 게 보인다. 하늘길이 쓸쓸할까 걱정이었는데 다행이다. 날씨가 더운 바람에 땅속에 심었던 튤립도 빨리 자라 꽃대를 올린 것이다. 영 원망스럽고 밉살스럽던 날씨가 조금은 봐줄 만하다.

서울은 벌써 다 져버렸을 벚꽃과 목련이 여기는 지금 절정이다. 어제만 하더라도 다 피지 않았었는데 오늘 기온이 갑자기 오르더니 일제히 만개하여 눈이 부신다.

무궁화동산 전망대에서 내려다보니 사방이 꽃 천지다. 무궁화동산 아래로는 아직 분홍색 진달래가 무리 지어 피어 있고, 흰 벚나무 앞으로는 백목련과 자목련이 우아하고 늠름하게 서 있다. 길가에는 산당화가 붉은 물을 들인 듯 선홍색으로 피어 있고, 진분홍 풀또기는 그 경치를 더욱 화사하게 수놓는다.

아침광장 길가에는 홍매화가 그 화사한 색깔을 수채화같이 퍼뜨리고, 꽃자주색의 박태기가 쌀알 같은 꽃잎을 다닥다닥 매달고 있다. 4월의 봄이 이렇게 화려함의 절정을 이루며 지나가고 있다.

예년 같았으면 차례대로 순서대로 피웠을 꽃이 춥다가 갑자기 더워지는 바람에 일시에 피어나는 현상이 생긴 것이다. 변덕스런 날씨 덕택에 이렇게 한꺼번에 흐드러진 꽃구경을 하게 되었으니 날씨는 인제 그만 미워해야겠다.

4월의 꽃들은 메마른 가지 위에서 잎이 나기도 전에 피기 때문에 더욱 섬뜩하게 화려하다. 나뭇가지와 줄기마다 하얀 꽃을 주렁주렁 매단 벚나무며 조금의 빈틈도 없이 줄기와 가지를 조밀하게 채우며 피어난 겹홍매화가 그렇다.

꽃송이들이 어쩜 이리 많은지 가지 하나에 핀 꽃도 셀 수가 없다. 꽃 한 송이도 이리 곱고 아리따운데 한 그루에 수만 송이가 됨직하게 피었으니 이 아름다움을 어찌 감당해야 할지 취한 것처럼 혼미하고 황홀할 따름이다. 그래서 어느 시인은 '환장하겠네'라고 표현했을까?

꽃송이들을 자세히 보고 싶어 벚나무 밑으로 다가가니 꽃에 취한 것은 나뿐만이 아니었다. 윙윙거리는 시끄러운 소리에 위를 쳐다보니 수많은 벌들이 날갯짓 소리를 내며 꿀에 취해 어찌할 줄 모르고 있는 것이 아닌가?

작은 벌들은 고사하고 어디서 그렇게 많이 모였는지 노랗고 커다란 호박벌들이 수도 없이 꽃 사이를 분주히 맴돌고 있다. 벌들은 아름다움에 황홀한 것이 아니라 꿀 때문에 황홀한 모양이다. 날은 이미 어둑해져가고 있는데도 집으로 돌아갈 줄 모른다.

나는 내일이면 져버릴 이 아름다움이 더없이 아쉬워 벚꽃 밑에서 서성이건만 벌들은 마지막까지 꿀 한 모금이라도 더 받으려고 애쓰는 모양이다. 꿀벌들이 지나간 자리에서는 꽃이 지더라도 이제 여름이 되면 버찌가 주렁주렁 달릴 것이다. 그래서 봄날의 이 황홀했던 날갯짓이 의미 있게 기억될 것이다.

아! 나는 그때도 지금의 이 황홀함을 기억할 수 있을지 모르겠다. 서성이던 발걸음의 애틋함을 한 가닥이라도 추억할 수 있으려나? 애절했던 사랑의 기억도 바래듯 아마 꽃의 덧없음을 탓할 수 없을지도 모른다.

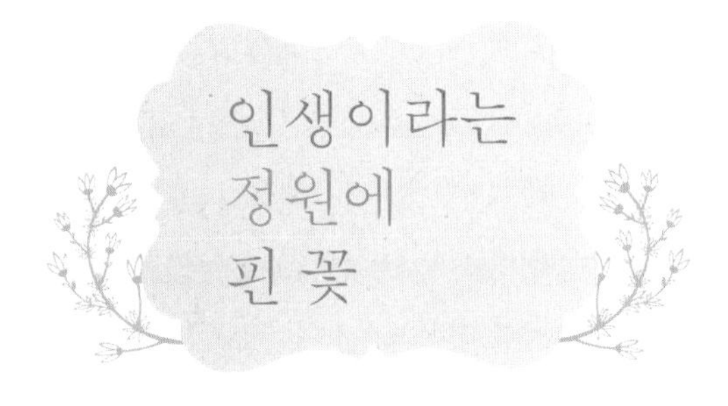

며칠 전만 해도 아기 손가락 같던 나뭇잎이 어느 결에 성큼 자라 숲은 벌써 연록으로 물들었다. 앞산 활엽수들이 손바닥만 한 풍성한 잎들을 내미니 연록의 뭉게구름이 산 위에 피어난 것 같다. 5월의 싱그러움이 나뭇잎마다 꽃송이마다 충만하게 일렁이는 눈부신 아침이다.

먼저 피었던 튤립은 다 지고, 지난 늦가을 땅속에 심었던 튤립이 이제 만개해 하늘길은 오색의 튤립으로 가득하다. 어디다 눈을 두어야 할지 모를 정도로 튤립의 색감이 화려하다. 오렌지 빛깔의 아펠도른스엘리트Apeldoorn's Elite와 보라색의 네그리타Negrita 품종을 섞어 강렬한 색의 대비를 준 하늘길 초입의 배치가 맘에 든다.

연분홍 업스타Upstar와 진분홍 돈키호테Don Quichotte 품종의 조합도 화사하고, 스트롱골드Strong Gold의 노란색과 시네다블루Synaeda Blue의 보라색 조합도 산뜻하게 보인다. 그 어느 해보다 올해의 튤립 식재는 색과 품종을 잘 선택하고, 미적으로 잘 조화를 시켜 배치한 것 같다.

예전에 직원과 함께 네덜란드의 큐켄호프 식물원 튤립 축제에 다녀온 것이 미적 안목을 높이는 데 도움이 된 것 같다. 거대한 숲 속 잔잔한 수로를 따라 미학적으로 심은 튤립 화단은 정말 아름다웠다.

무슨 '꽃 축제'라고 이름 붙여 물량을 대거 투입해 급조한 여느 꽃 축제와는 다른, 역사와 품격이 느껴지는 튤립 축제였다.

꽃만 대량으로 많이 심는다고 해서 아름다운 것은 아니다. 꽃을 심은 장소와 배경에 따라, 꽃을 어떻게 배치하느냐에 따라 꽃들이 가진 아름다움이 배가되기도 하고 감소되기도 한다. 옛날 궁중에 먹을거리를 공급하던 키친가든에서 출발한 큐켄호프는 유럽의 정원들이 그렇듯 넓은 대지 위에 오래된 나무들이 많았다. 그래서 잘 가꾼 아름드리나무와 초록의 잔디를 배경으로 핀 튤립들은 한 폭의 그림이 될 수 있었다.

축령산 자락에 있는 우리 아침고요엔 다행히도 수십 년된 낙엽송 숲길이 있어 그 그늘에 튤립 화단을 만들었다. 낙엽송의 새순이 연록으로 물든 배경을 뒤에 두고 서 있는 튤립들은 그래서 그 자태와 색감이 더 돋보인다.

몇 년 전부터는 튤립의 색상을 서로 대비가 되거나 보합이 되는 것끼리 섞어 심는 방식으로 식재를 해왔는데 금년도의 식재 디자인이 가장 잘된 것 같다. 한 가지 색상의 튤립을 군락으로 심는 것도 아름답지만 두 가지나 세 가지의 색상을 섞어 심으면 아름다움의 효과가 더 극대화된다.

색상의 조화가 빚어내는 아름다움이 거기 있기 때문이다. 청보랏빛의 구근, 무스카리로 띠를 두른 화단에 분홍의 튤립 다이너스티Dynasty 품종을 배치했더니 애잔한 아름다움이 배어 나온다. 흰색의 미니교회 앞 화단에는 미색의 프랑소와즈Francoise와 연분홍의 핑크다이아몬드Pink Diamond를 3 대 1의 비율로 섞어 심어 단아하면서도 은근하게 화려한 아름다움을 살렸다. 이렇게 잘 어울리는 조합은 서로 상대에게 좋은 배경이 되어줄 수 있기 때문에 가능하다.

그러고 보면 우리는 모두 인생이라는 정원에 핀 꽃들이라는 생각이 든다. 각각의 색깔과 모양을 지닌 그리고 향기를 내뿜는 꽃들로서 말이다. 내 옆에 서 있는 사람과 조화를 이루며 그가 돋보이도록 기꺼이 배경이 되어주는 일, 인생의 화단에서 얼마나 멋진 일일까? 그가 있으므로 내가 더 아름다워 보이고, 내가 있으므로 그가 더 빛나 보인다면 우리 인생의 정원은 얼마나 아름답고 행복할까?

고혹적인 튤립의 색상이 어우러진 하늘길을 걸으며 문득 떠오르는 생각이다.

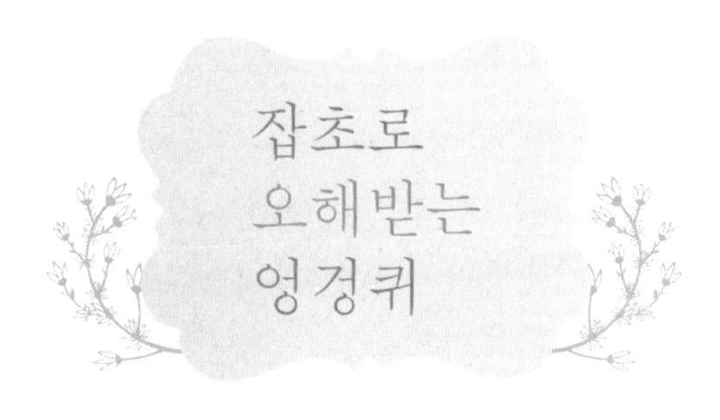

잡초로 오해받는 엉겅퀴

어제와 그저께 밤 이틀 동안 비가 내려서인지 부쩍 자란 식물들이 제법 씩씩해 보인다. 쑥쑥 키가 크는 원추리 잎들이 대견하다. 해가 길어지는 6월이 되니 하루가 다르게 녹음도 짙어지고 피어나는 꽃들도 많아진다.

며칠 전까지만 해도 꼭꼭 오므리고 있던 엉겅퀴 꽃들이 오늘 와서 보니 봉오리를 한껏 터뜨려 가늘고 긴 자주색 꽃잎들을 활짝 펴들고 있다. 고향집정원 경사면에 기다란 키를 쭉쭉 세우고 탐스러운 꽃들을 피워 올린 엉겅퀴 군락이 보기 좋다.

몇 년 전 풀을 뽑는 아주머니들이 엉겅퀴가 잡초인 줄 알고 뽑아버리는 것을 남편이 "그 꽃이 얼마나 예쁜데 뽑느냐"라며 뽑지 말라고 한 뒤부터 엉겅퀴는 '교수님'이 좋아하는 꽃이 되었다.

그런 뒤로는 아무 데나 씨가 떨어져 자라는 엉겅퀴라도 애지중지하며 키웠더니 몇 년 사이 눈에 띄게 수가 늘어 6월만 되면 그 화사한 꽃자주색의 얼굴로 방긋방긋 웃는다.

산과 들, 아무 데서나 자라고 잎에 가시가 있어 뭇사람들에게 천덕꾸러기처럼 여겨지던 꽃이지만 이렇게 정원 안에 잘 가꾸니 그 어떤 예쁜 꽃에도 뒤지지 않는다. 식물이나 사람이나 그 대상이 귀한 줄 알아보고, 정성과 사랑을 쏟다 보면 그 가치가 진정으로 드러나는가 보다.

정원을 한 바퀴 돌다 보니 피기 시작한 꽃들이 한둘이 아니다. 내가 그렇게 좋아 하는 클레마티스도 피고 덩굴장미도 피기 시작했다. 또 에덴정원을 내려가다 보니 소담한 작약이 어느새 피어 있지 않은가? 흰색, 분홍, 진분홍의 작약 꽃들이 그 화려한 꽃잎들을 다 펼쳐들고 자태를 뽐내고 있다. 무거운 꽃송이를 이고 있는 [illegible]

+ 엉겅퀴

+ 에덴정원에 핀 작약

이 휘어져 꽃이 엎어지고 있었다.

"저런……. 쯧쯧……."

내일은 지주를 꽂아 이놈들을 세워주라고 해야겠다. 꽃잎이 여러 겹으로 쌓인 개량종 작약들은 크기가 정말 아기 얼굴만 하다.

화무십일홍花無十日紅이라고 했던가? 이렇게 크고 화려한 꽃도 열흘을 가지 못하니 그 애석함이 너무 크다. 하필이면 아름다운 꽃이 이리도 빨리 시드는지 모르겠다. 왜 아름다운 것은 빨리 사라지는 걸까? 작약을 바라보니 지금은 80세 중반을 넘기신, 사진첩 속에서 함박꽃처럼 화사하고 귀티가 나던 시어머님의 처녀 적 얼굴이 떠올라 서글퍼진다.

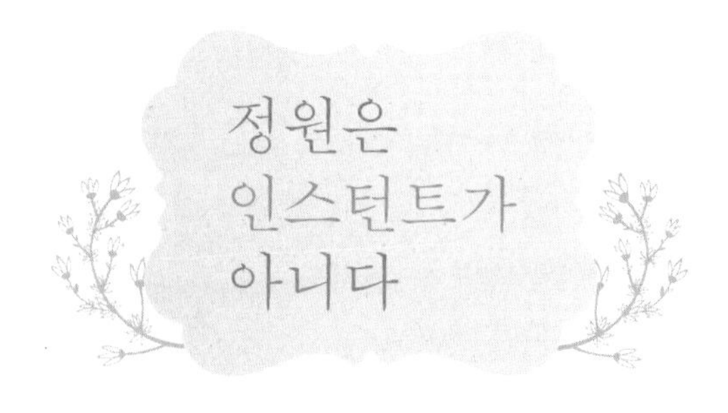

정원은 인스턴트가 아니다

오늘은 상반기 정원 평가가 있는 날이다. 매년 5월에 하던 것을 올해는 독일 정원 투어를 하는 바람에 늦어졌다. 기온이 30도를 넘나드는 뜨거운 여름 날씨다. 식물연구부 직원 전원이 참석한 가운데 고향집정원부터 하나하나 정원들을 돌며 점검과 평가를 함께 했다.

엊그제 개원식을 한 고산암석원이 추가되어 총 18개의 정원을 돌며 의견들을 주고받는 데 거의 반나절이 걸렸다. 평가가 끝나고 나니 몸이 기진맥진하다.

고산암석원은 무거운 돌들을 많이 실어 나르며 3년에 걸쳐 조성하느라 애를 많이 쓴 흔적이 보인다. 백두산에 자생하는 고산식

+ 고산암식원
+ 석정원

물과 세계 각지의 고산지대에서 자라는 식물들을 모아 바위틈에 심어놓은 암석정원이 정말 특별하고 귀하다. 뜨거운 뙤약볕에 무거운 배낭을 짊어지고 백두산 탐사를 수없이 다니던 직원들의 노력이 이렇게 결실을 보게 되다니 감회가 새롭다. 식물들은 고산지대에서 자라는 것들이라 다 키가 작고 잎이 두터워 귀엽고 앙증맞다.

백두산 장백폭포에서 영감을 받아 조성한 폭포도 시원한 물소리를 내며 쏟아져 서늘한 기운을 주변에 흩뿌린다. 수년 전에 보았던 장백폭포는 길이가 길어 양 갈래로 갈라져 쏟아져 내리는 모습이 장쾌하면서도 아름다웠다. 그 모양을 축소해서 폭포를 조성하고 싶었으나 지형상 그렇게 물줄기를 길게 할 수 없는 처지라 우리가 설계한 형태로 분위기만 낼 수밖에 없었다.

어찌 되었든 폭포 주변에 노란 풀싸리가 살고, 백두산에서만 사는 노랑만병초가 있으니 이만해도 그저 좋을 뿐이다. 그간 온 열정을 다해 수고를 마다한 권 부장이 자랑스럽고 담당직원들이 고맙다. 이제 수년만 지나면 식물들이 자리를 잡아 풍성하고 아름다운 암석정원이 될 것 같다.

개원 초기에 조성하였던 기존의 석정원은 오늘 보니 이제 틀이 많이 잡혀 있다. 새로운 암석정원이 웅장하게 태어나 혹시 천덕꾸러기가 되면 어쩌나 했는데 내 생각은 기우였다. 오늘 평가하다 보니 그동안 심은 식물들이 자리를 잘 잡아서 무척 흐뭇하다. 석정원에는 참 아기자기한 아름다움이 있다. 작지만 화려한 식물들을 많이 심어 암석정원과는 나름대로의 차별성을 준 것 같다. 파스텔 색조의 비스카리아Viscaria가 정원 여기 저기 피어 로맨틱한 분위기를 내고 노란 키 작은 애기기린초가 거친 돌들을 부드럽게 감싸며 덮고 있어 세월의 흔적을 보여준다.

거칠고 딱딱한 돌덩어리와 여리고 부드러운 식물과의 조화가 이렇게 절묘하다니! 이렇게 상반되는 성질을 가진 두 대상을 조화롭게 이어주는 매개체는 바로 '시간'이었다.

그래! 정원은 시간이 쌓여 완성되는 작품이다. 오랜 시간 정성스레 심고 가꾸어야 식물들이 자라고 퍼지며 서로 어우러져 아름다움을 드러낸다. 인스턴트가 대세인 현시대하고는 박자가 맞지 않는 게 정원이다. 그런데도 여기저기서 행사용으로 인스턴트식 정원들을 급조하여 떠들썩하게 홍보한다. 시간을 내서 찾아가 보았는데 실망스러웠던 적이 한두 번이 아니다.

시간의 깊이가 더해진 정원의 아름다움처럼 연륜이 더해갈수록 나도 아름다워지는 걸까? 아니면 단지 늙어갈 뿐인가? 오늘 정원평가를 하다가 문득 석정원 앞에서 이런 물음이 스쳐갔다.

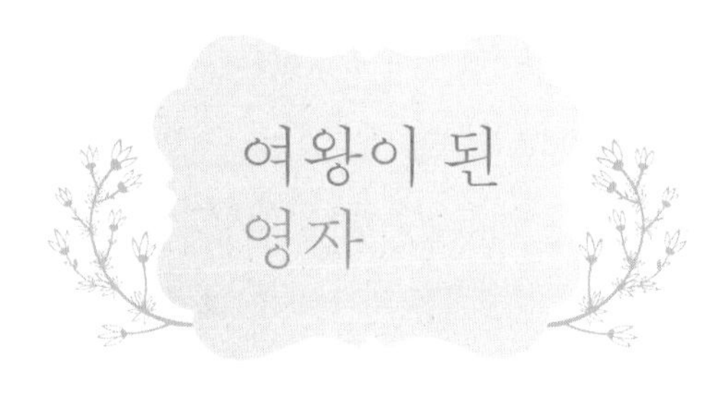

여왕이 된 영자

마치 사막 날씨처럼 햇볕은 뜨겁고 날씨는 건소한 6월이 계속된다. 비가 안 온 지 무척 오래되었는데 비가 올 기미는 보이지도 않는다. 쨍쨍 내리쬐는 뜨거운 햇볕에 식물들은 목이 타고 원장은 애가 탄다. 물 주는 일에 비상이 걸려 계곡물을 끌어다 스프링클러를 돌려보지만 물 줄 정원이 워낙 많다 보니 그것도 모자랄 지경이다. 계곡물이 이렇게 줄어든 걸 전에는 보지 못할 정도로 가뭄이 심각하다.

이제 6월 말이 되면 또 장마가 시작되니까 비가 지겹도록 내려 식물들이 몸살을 앓겠지……. 최근 5년간 급격한 기후변화를 피부로 느끼면서 우리나라 기후환경에서 식물 기르기가 점점 더 힘들어지는 것을 절감한다. 봄이 없어지고, 여름은 우기가 돼버리질 않나 겨울이면 지독한 혹한이 오질 않나 참 식물들 기르는 일이 날씨와 전쟁을 치르는 것 같다.

힘든 날씨에도 여러해살이풀들은 때가 되니 꽃들을 피운다. 능수정원 한쪽에 자리를 잡고 있는 노루오줌이 연분홍 꽃자루를 탐스럽게 피워 올리고, 세력이 강해져서 몸집이 불어난 부처꽃 무리도 원추형의 화서를 진분홍으로 물들이려 한다.

요즈음 가장 아름다운 에덴정원에는 원예도입종인 노루오줌이 화사한 색깔로 작약이 진 자리를 채우고 있고, 벨벳으로 만든 코르사주 같은 클래마티스 꽃들이 흐드러지게 피어나 지지대를 휘감고 있다. 색상과 형태도 품종에 따라 조금씩 다른 클래마티스는 분홍, 보라, 자주색으로 피어나 에덴정원을 정말 귀부인처럼 우아하게 꾸며주고 있다.

하늘색 꽃이 피는 델피니움도 요즈음 내 발길을 에덴정원에 오래도록 붙잡아두고 있는 꽃이다. 며칠 전에는 연보라의 겹꽃인 델피니움이 꽃을 피워 보석보다 아름다운 그 꽃 앞에서 한참을 떠나지 못하고 들여다보았다. 이제 며칠 후면 꽃망울을 터뜨릴 보라색 꽃방망이 리아트리스도 힘차게 줄기를 뻗어 올려 꽃 피울 준비를 하고 있으니 벌써 마음이 들뜬다.

서화연 연못에는 수련이 피기 시작하고, 연못 물가로 죽 둘러 심어놓은 50여 품종의 꽃창포들은 벌써 개화가 한창이다. 날이 더워 예년보다 일주일은 앞당겨 꽃이 핀 것 같다. 진보라와 흰색의 큰 품종들이 먼저 꽃을 피우고, 이제 연분홍 · 연보라의 꽃창포들이 막 꽃잎을 풀어 헤치려 한다.

이 엔사타 계통의 아이리스인 꽃창포는 붓꽃보다 꽃도 크고 생김새도 더 우아하여 풍만한 몸매의 여인네를 보는 듯하다. 꽃잎을 돌돌 말아 붓처럼 싸매고 있다가 꽃잎을 터뜨리는 모습은 마치 치마끈으로 꽁꽁 싸맨 가슴을 사모하는 임 앞에서 살포시 풀어 헤치는 여인네의 모습처럼 농염이 짙다.

실크처럼 얇고 부드러운 꽃잎을 바람에 하늘거리면 나는 숨을 죽이고 그 아름다움에 취한다. 수천 개의 꽃창포들이 꽃잎을 다 풀어 헤치면 그 농염함에 아찔하여 기절할 것만 같다.

하루가 다르게 피어나는 꽃 종류가 많아지는 6월은 어쩌면 내가 가장 호사를 누리는 달인지도 모른다. 정원을 다 돌고 나면 가슴이 꽉 차오르고 뿌듯한 게 정말 세상을 다 얻은 것처럼 행복하다.

얼마 전에 TV 뉴스를 보니 엘리자베스 영국 여왕이 즉위한 지 60주년이 되는 해라서 영국에서 성대한 축하행사들이 열린다는 보도가 있었다. 내 이름을 작명한 사연과 연관 있는 영국 여왕의

행사라 그 화려한 축하행사를 관심 있게 시청하였다. 소녀 시절부터 이름이 촌스러워 늘 불만이었던 내가 어른이 되고 난 어느 날 아버지께 불만을 토해냈더니 아버지 말씀이 "네가 태어나던 해가 영국에 여왕이 즉위하는 해였다. 그래서 너를 영국 여왕처럼 되라고 '영국'할 때의 '꽃부리 영'자를 써서 이름을 영자로 지었단다" 라고 말씀하시는 것이 아닌가? 비록 부르기는 촌스럽지만 이름을 지으신 그 깊은 뜻이 고마워 그 후로는 내심 이름에 자부심을 품게 되었다.

오늘 이 아침 아침고요정원을 다 둘러보고 내려오는 길에 생각하니 내 이름에 깃든 우리 아버지의 염원이 성취되었구나 싶다. 사람이 누릴 수 있는 가장 호사스런 사치가 정원이 아닌가 하는 생각이 들었기 때문이다.

보석보다도 아름다운 꽃이 만발하고, 대리석 궁전보다도 웅장한 나무들이 울창하게 서 있는 정원을 매일같이 음미하고 누릴 수 있으니 이보다 더한 호사를 누리는 여왕이 있을까 싶다. 난 정말 영국 여왕이 부럽지 않은 여자다.

비가 오지 않는 날씨 때문에 여전히 걱정은 된다. 하지만 여왕에게도 걱정거리 하나쯤은 있는 법이다.

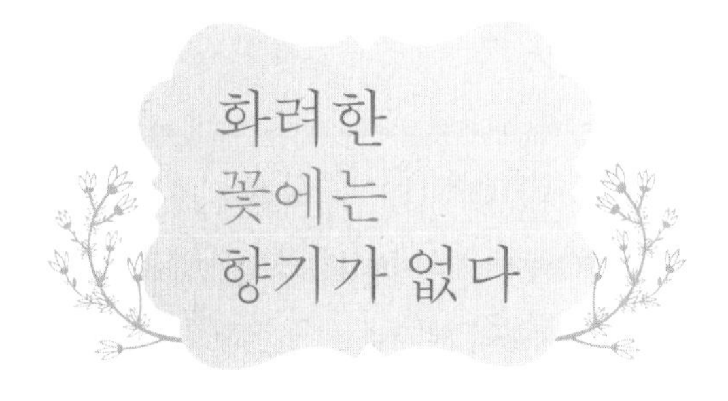

화려한 꽃에는 향기가 없다

입추가 지난 지 열흘은 되었을 텐데 아직도 더위는 식을 줄 모른다. 아침나절인데도 정원을 한 바퀴 산책하고 왔더니 등줄기에 땀이 흐른다. 며칠 전 폭우에 계곡물이 불어 그나마 개울가를 지날 때는 서늘한 냉기가 올라와 땀을 식혀준다.

구름이 짙게 깔린 날씨 덕에 개울가에 아직 피어 있던 한 무리의 달맞이꽃이 여태 눈에 밟힌다. 해가 뜨면 꽃잎을 다물어 낮에는 잡초처럼 보이던 달맞이꽃이 그 맑은 노란색 꽃을 수줍은 듯 벌리고 있던 자태가 자꾸 마음을 잡아끈다. 꽃에 얼굴을 대고 맡아본 향내도 아직 코끝에 남아 있는 듯하다.

저녁 어스름이나 이른 아침에만 볼 수 있는 달맞이꽃은 우리

네 정서와 친근하게 맞닿아 있어 우리 야생화로 알기 쉽지만 실은 남미가 원산지인 귀화식물이다. 바늘꽃과에 속하는 이년생초로 한방에서는 꽃, 뿌리, 씨앗 모두 약재로 사용되는 유용한 풀꽃이기도 하다. 산야 주변에서 흔히 볼 수 있어 임초리 길로 진입하는 아침고요에 오는 길에도 지천으로 피는 흔한 꽃이다.

그 흔하디흔한 꽃이지만 꽃에 코를 대고 향내를 맡아보면 맑고 은은한 향기가 마치 재스민 꽃향처럼 고귀하다. 소박하지만 단아한 꽃의 모양과 어쩜 그리 잘 어울리는 향기인지…….

꽃은 색깔과 형태 그리고 향기로 자신을 드러낸다. 색이 아름답고 꽃 모양이 화려하면 우선 많은 사람의 눈길을 사로잡기에 손색이 없다. 하지만 아무리 화려하고 아름다워도 향기가 없는 꽃은 금세 질리기 십상이다. 색깔과 자태에 끌려 다가갔다가 향기가 없어 실망하게 되는 꽃들이 부지기수다.

대개는 관상 가치를 주목적으로 개량한 원예종 꽃들에 향기가 없는 경우가 많다. 장미라고 다 향기가 있고, 백합이라고 다 향기롭지는 않다. 품종에 따라 다르지만 향기가 더 많이 나는 꽃들은 자태가 왠지 덜 화려하다. 우리나라 야생장미인 찔레꽃은 정말 수수하게 생겼지만, 향기는 얼마나 진하고 매혹적인지 모른다.

[illegible]

+ 돌마타리
+ 달맞이꽃

무 숲을 지나가는 산책길을 걷다가 맡았던 거름 냄새 같은 향도 꽃에서 나는 향기다. 저만치서 연인 같은 청춘남녀가 코를 쥐고 인상을 찌푸리며 걸어오는 걸 보고, 속으로 "어이쿠! 이를 어쩌나……" 하는 미안함에 얼굴을 들지 못하고 얼른 지나쳤다.

작년에 '금마타리'인 줄 알고 심어놓은 '돌마타리'에게서 풍기는 악취 때문이었다. 같은 노란색 꽃을 피우는 우리 자생종인 마타리이지만 '금마타리'와 '돌마타리'는 이름만큼이나 차이가 난다. 금마타리는 키가 더 작고 작은 꽃이 더 선명하여 금색이 나는 반면, 돌마타리는 금마타리보다는 키가 조금 크면서 몹시 역겨운 냄새가 난다.

"수목원에 와서 좋은 향기를 맡고 가야지 이런 고약한 냄새를 맡다니……."

투덜거리며 지나가는 관람객들을 보니 쥐구멍에라도 숨고 싶었다. 옛날 뒷간에서 나던 '거름 썩는 냄새' 바로 그것이다.

작년에 대량으로 모종을 옮겨 심어놓은 게 돌마타리일 줄은 몰랐다며 담당직원이 뽑겠다고 하더니 아마 그냥 놔둔 모양이다.

"저걸 뽑아야 하나. 말아야 하나……." 혼잣말하며 나도 코를 막고 내려왔다.

[illegible]

포가 쏟아져 서늘한 기운이 감돈다. 어디서 향긋한 냄새가 풍겨와 두리번거리다 보니 발밑에 자줏빛 칡꽃이 깔렸다. 어느새 무성하게 뻗어 올라간 칡나무 넝쿨에 칡꽃이 피어 있는 게 보인다. 여름이면 하도 왕성하게 넝쿨을 뻗치며 온갖 나무를 타고 올라 극성을 부리는 바람에 직원들의 낫에 많이 잘려나갔는데도 용케 살아남은 칡넝쿨에서 칡꽃 향기가 풍기는 것이었다.

칡꽃에서는 아까시나무 꽃 내음이 난다. 상큼하고 달콤한 향기다. 칡꽃으로 술을 담가 먹는다던데 위와 간을 보호하기도 하지만 아마 향기가 일품이어서일 것이다.

아직도 여운을 남기는 달맞이꽃과 칡꽃 향기가 30년을 거슬러 올라 기억 속의 사람을 떠오르게 한다. 우리 애들이 어렸을 적 바로 뒷집에 살던 지송이 엄마다. 부끄러워 화장도 전혀 하지 않지만 늘 웃음이 배어 있던 얼굴은 달맞이꽃을 닮았다.

울타리에 호박이 주렁주렁 달리던 여름 어느 날, 호박 편수를 해주겠다고 우리 식구들을 불러다 만두를 빚어주던 그녀도 이젠 초로의 할머니가 되었으리라.

문학잡지를 호주머니에 끼고 다니는 남자가 멋있어 결혼했다는 그녀, 넉넉지 않은 살림에도 아들 둘에게 바이올린을 가르쳤다. 그래서 우리는 변두리 촌에 살면서도 저녁이면 바이올린 이중주를 생음악으로 들으며 수준 있는 문화생활을 누릴 수 있었다.

옹색한 시골집을 윤기 나게 쓸고 닦아 새로 지은 우리 양옥집보다 더 단정하고 품위 있게 집을 가꾸었던 지송이 엄마는 세월이 지나도 여전히 아름다운 여인으로 내게 남는다.

아마 그녀의 삶에 배어 있던 칡꽃 같은 향기가 30년이 지난 오늘까지 내게 여운을 남겨서인가 보다.

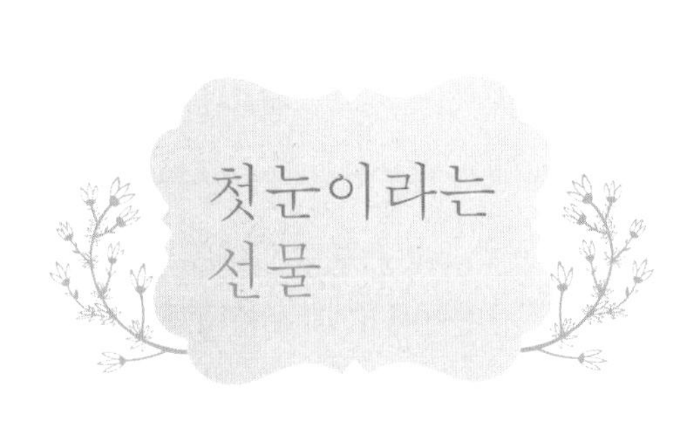

첫눈이라는 선물

점심 무렵부터 눈이 오기 시작하더니 이제는 펑펑 쏟아진다. 올겨울 들어 제대로 오는 첫눈이다. 회의하다 창밖을 보니 세상은 금세 온통 하얀색으로 뒤덮였다. 잣나무 가지에도 눈이 쌓이고 담장 위에도 눈이 소복이 쌓였다.

사심 없이 바라보면 너무도 아름다운 풍경인데 마음이 분주하고, 일에 차질이 빚어질까 염려가 되다 보니 순백의 아름다운 세상도 눈에 들어오질 않는다. 예전 같으면 뛰어나가 눈을 맞으며 그림 같은 수목원의 설경을 카메라에 담고, 눈 속을 들떠서 돌아다닐 텐데 지금은 그럴 여유가 없다.

해마다 이맘때면 '오색별빛정원전'을 준비하느라 온 직원이 정신없이 움직인다. 올해도 막바지 준비에 시간이 모자라는데 난데없이 눈이 오니 작업에 차질이 생겼다. 게다가 폭설로 내리는 눈을 치워야 하니 일손은 모자라고, 눈이 내리는 게 싫을 수밖에.

일이 뭔지, 근심스런 표정으로 눈이 오는 창밖을 내다보는 내 모습이 서글퍼진다. 있는 그대로의 자연과 지금이라는 시간을 온전히 누리지 못하는, '소유하고 소유 당한' 나 자신이 초라하게 느껴진다. 첫눈이 오는 날 이런 시선으로 저 순백의 세상을 바라보다니…….

눈 치우는 직원들을 거들기 위해 밖으로 나갔더니 눈이 10센티미터는 내린 것 같다. 앙상하고 을씨년스럽던 겨울 풍경이 갑자기 누가 마법을 건 것처럼 하얗고 풍성한 세상으로 변했다. 주목이나 구상나무 같은 침엽수에 소복이 쌓인 눈은 크리스마스카드에 나오는 풍경을 그대로 연출하고 있다. 벚나무와 단풍나무 위에 풍성히 쌓인 눈이 나무를 흰 모피 두른 여인처럼 화려하고 우아하게 변신시켰다. 눈앞에 펼쳐진 하얀 세상을 보니 조금 전의 떨떠름한 기분은 갑자기 사라지고 눈부신 하얀 세상처럼 마음이 환해진다.

"야~" 소리를 지르며 넉가래를 밀고 힘차게 앞으로 달려본다. 기분이 상쾌하다. 눈을 치우는 직원들의 표정도 신이 난 아이들의 얼굴처럼 생기가 있다.

"그래! 잠시 잊어두자. 이렇게 온 천지가 아름다운데 걱정과 짜증이 웬 말이냐!"

나는 스스로 혼잣말하며, 이 아름다운 풍경과 시간이 언제 다시 내 눈앞에 펼쳐질지 모른다는 절박감을 애써 느끼며 눈 속의 정원을 걷는다.

아마 40년이 되었을까? 학교 기숙사 창문 밖으로 눈발이 날리더니 함박눈이 되어 춤을 추며 내리던, 첫눈 내리던 어느 해 겨울날이 생각난다.

첫눈이 내리면 왜 그리운 사람이 생각나는 것일까?

도저히 내리는 눈을 바라볼 수만 없어 사랑하는 사람을 만나려 느닷없이 시외버스를 타고 군부대로 면회를 갔었다. 파월 장병으로 월남전에 갔다가 돌아온 지 몇 달 안 되는 '새까만 한 병장'의 얼굴이 왜 그리 보고 싶었는지…….

전혀 예상치 못한 여자 친구의 면회 호출에 달려 나오던 그 촌스럽던 남편의 상기된 얼굴이 떠오른다. 함박눈에 반가움과 설렘이 뒤섞여 눈망울이 젖었던 젊은 날의 단상이 기억 저편에서 눈발 위로 걸어 나온다. 나이를 먹으면서 감성이 무뎌졌는지, 까맣

\+ 아침광장

게 잊고 살았던 아름답고 소중했던 순간들이다.

산다는 게 무엇일까? 그리고 남는 건 무엇일까? 코앞에 닥친 일과 시간에 쫓기며 아등바등 사는 지금의 내가 훗날 남기는 건

은 무엇일까? '존재'하지 못하면서 '소유'하려고만 하는 습성대로 살면 그게 산 것일까? 문득 이런 질문들을 스스로에게 물으며 눈 덮인 정원을 걸었다.

잣나무 숲이 우거진 앞산의 설경이 더없이 포근하게 느껴지는 걸 보니 첫눈이 가져다준 선물 꾸러미를 이제야 제대로 꺼내 본 것 같다.

'나의 꽃'

내 아내는 화려한 색깔의 꽃보다 산에 피는 야생 철쭉같이 연한 분홍색 꽃을 좋아한다. 연분홍 철쭉꽃 같은 아내의 감성이 묻어나는 이 정원일기의 원고를 읽으면서, 그간 함께 살아온 세월 동안에 무거운 짐만 지우고 고맙다는 말도 제대로 못한 게 걸린다.

단 한 번인 인생길에서 함께 미로를 걸어온 아내 이영자 원장에게 진정으로 "고맙다"는 말을 하고 싶다. 그리고 당신은 내 인생길에 운명처럼 피어 있는 '나의 꽃'이라고 고백하고 싶다.

나의 꽃

네가 나의 꽃인 것은
이 세상 다른 꽃보다

아름다워서가 아니다

네가 나의 꽃인 것은
이 세상 다른 꽃보다
향기로워서가 아니다

네가 나의 꽃인 것은
이미 내 가슴속에
피어 있기 때문이다

우리 모두는 누군가의 소중한 사랑의 대상이다. 그 사랑의 이유에 대한 답은 전혀 논리적이거나 합리적이지도 않다. 그것은 오히려 운명 같은 것이라고 할 수 있다. 내가 내 자식을, 내 아내를, 내 부모를 사랑하는 것은 그 대상이 뛰어나게 아름답거나 훌륭해서가 아니다. 그 사랑에는 특별한 이유가 있는 것도 아니다. 그냥 사랑할 수밖에 없기 때문에 사랑하는 것이다. 그것은 운명적이고 무조건적인 사랑이다. 이런 사랑의 힘 때문에 우린 이 세상에서 숨 쉬며 살아가는 것이 아닐까?

인생의 정원에 피어난 셀 수 없는 꽃들 가운데서 나는 누군가의 '나의 꽃'이고, 나 역시 '나의 꽃'들을 품고 살아간다. 그러니 많은 이들에게 '나의 꽃'이 되고, 많은 '나의 꽃'을 품은 사람은 이 땅에서도 천국을 누린다. 꽃은 시들어 없어지지만 인생의 정원에 피었던 꽃은 사랑의 여운으로 우리 가슴에 남는다. 잊히지 않는 영원한 모습으로…….

아침고요수목원 설립자 한상경

아침고요 정원일기

1판 1쇄 인쇄 2013년 5월 21일
1판 1쇄 발행 2013년 5월 27일

지은이 이영자
펴낸이 김성구

편집팀장 박유진
편 집 김민기 김동규
디자인 분인순
제 작 신태섭
마케팅 최윤호 손기주 송영호 김정원 차안나
관 리 김현영

펴낸곳 (주)샘터사
등 록 2001년 10월 15일 제1-2923호
주 소 서울시 종로구 동숭동 1-115 (110-809)
전 화 02-763-8965(단행본팀) 02-763-8966(영업마케팅부)
팩 스 02-3672-1873 **이메일** book@isamtoh.com **홈페이지** www.isamtoh.com

ISBN 978-89-464-1842-4 03810

이 도서의 국립중앙도서관 출판시도서목록(CIP)은 서지정보유통지원시스템 홈페이지(http://seoji.nl.go.kr)와
국가자료공동목록시스템(http://www.nl.go.kr/kolisnet)에서 이용하실 수 있습니다.(CIP제어번호: CIP2013006361)

값은 뒤표지에 있습니다. 잘못 만들어진 책은 구입처에서 교환해 드립니다.